戀愛天空

MAME 著
MN 繪
舒宇 譯

（下）

Love Sky

目 錄

第十三章

請 求

「今天有沒有什麼要我幫忙的？要刨木頭、裁紙張還是黏膠帶，我都可以幫忙弄喔！」

「那請Phai哥幫忙閉上你的嘴。」

「不要，我比較想要Sky用嘴巴讓我閉嘴。」

Phraphai才不在乎人家說他得意忘形咧，他意識得到自己九條尾巴都在甩動。

今天是週末的最後一天，在男孩拒絕他來、好幾天沒見面後，他終究耐不住思念、厚著臉皮跑來找他了，而且還選在那小孩睡飽剛醒的下午時段。他先跟Joy姐暗盤交易了一張門禁卡，才上來敲門。他一見到人，沒有先寒暄「吃飯了沒」或者「有睡飽嗎」，而是立刻開心地問，有沒有什麼需要幫忙。

也不需要太多回報啦，只需要像上次那樣的一個吻就夠爽了。

Sky早看穿他想要什麼，Phraphai這個人喔，比黃鱔還滑溜！

當他一回答完，那小孩就漲紅了臉斜睨著他，但說實話，他更想見到對方被自己壓著由下往上看的樣子。

嘿！不過才一個吻，就想那麼遠去了嗎？不過那滿值得

想像的。

Phraphai觀察過好幾次了，他家小孩在房間的時候，會不會穿得太誘人了？先前是穿薄到不行的睡衣，後來幾次是穿背心，不知道是因為太熱還是這樣穿舒服。看到那若隱若現的肌膚，就讓他的心忍不住顫抖，尤其是今天腋下的洞又開得特別寬，每次抬手都可以一覽無遺。

對啦，那小孩沒有想勾引誰，別人也大概不會多想什麼，但我想啊！

「我今天沒有需要哥幫忙的事情，不過……」Sky一副欲言又止的樣子。

「嗯？怎麼了？我什麼都可以做喔！」他超級積極地推薦著自己。

這回，房間的主人冷笑。

「確定什麼都可以？」

咯！

其實也不是都可以啦，但是……。

Phraphai看著臉上笑容越來越大的Sky，那個調皮的眼神就像趕他去睡地板的那天晚上，此外，眼裡還帶了一點挑釁，讓深知不該在聽到條件前就答應的人只能嘆氣。

好吧，我認了！

「為了Sky，什麼都可以。」不忘獻殷勤一下。聽到這話的人則將雙脣緊緊抿在一起，沒多久又回復原本的微笑，再次擺出一臉平靜的樣子。這樣總比上次那一臉愧疚好。今

天要整他也可以啦，還以為那小孩這樣做是為了掩飾害臊，只是……。

「洗廁所。」

「什麼!?」

「Phai哥沒有聽錯，幫我洗廁所！」Sky無情地又強調了一次，然後接著說：「哥做不到也沒關係，不行就回家去吧！我今天要大掃除，你那麼大一隻在這裡很礙手礙腳。」

是他自己想太多嗎？今天Sky是不是有點太用力在趕他走了？他以為那個孩子已經願意讓他進房間了呢，先前還撐著眼皮、等著幫他開門不是嗎？還是說，是因為上一次太害羞了，所以現在才不想跟他面對面？

Phraphai邊想就邊瞇起了眼睛，但另一個人似乎不是在開玩笑，甚至作勢要開門送客。

「好啦好啦，洗就洗。」

他出國念書的時候，不也是自己洗廁所、自己做所有的事情？不過，Phraphai得說，自從回泰國，他就跟個少爺一樣，有人幫他洗廁所了。現在卻願意捲起袖子跟褲管，走去拿刷子、進廁所，處理他不輕易著手的事務，這讓他開始檢討，自己是否太讓著Sky。不過一看見那個人始料未及的神情，又決定拚下去。

好啊，連幫忙做作品都能得到一個吻了，洗整間廁所的話，或許能得到比嘴巴更多的獎勵呢。

Phraphai倒著水、在整間廁所灑滿清潔劑，Sky則直接

走過來、倚在門邊看著。

「比起來，回家輕鬆一點吧？就是個睡過一次的對象，我的話，早就轉身走人了。」

「Sky對哥來說，不再只是『睡過一次的對象』了。要趕我走，沒那麼容易！」Sky愣愣地站著，緊緊咬著嘴唇，看上去明顯不太對勁，但說話的人這次不再只是獻殷勤而已。如果照這小孩說的，「就是個睡過一次的對象」，哪可能像這樣叫得動Phraphai少爺去洗廁所！如果不是覺得這小孩很重要，他早就跑了！事到如今他還能怎麼辦？靠得近了，看到了脆弱的那一面，然後引起了想保護的心思 ──強烈到願意為那小孩做所有事情。

Sky愣怔了一會兒，大概是沒想到要趕他走那麼難，隨後又將頭抬了起來。

「那Phai哥要洗得乾淨一點喔！說了你什麼都可以做嘛！」說完就屁股一甩，躺到了床上。

這小孩欠咬是吧！

Phraphai選擇把這股氣發洩到廁所的地板上，而不是撲上去處置那個找不到方法趕他走、就找事整他的小孩。但Phraphai沒來由地感覺，Sky越是想趕他走，自己離對方的距離就越近，近到讓這小孩感到害怕。

不過現在該害怕的人該是我，不知道今天還會遭遇什麼？

數小時之後，Phraphai發現，他所害怕的事情全都成真

了。他不必彎腰坐著裁紙，卻得清洗廁所和陽台地板，並照著房間主人的指示去擦抹洗刷。至於Sky既沒做作品也沒有寫功課，不知道是這週的進度已經做完了，還是打算之後再使喚他做。那個纖細的身軀就只是躺在床上，看著漫畫、滾來滾去，偶爾會瞥過來一眼，但那只是為了要說……。

「哥把冰箱上面也擦一擦。」

他除了踩椅子上去擦之外還能怎麼樣？不過也有另一種意外之喜，不是突然掃出了興趣，而是Sky翹著腳躺在床上的模樣，像是在撩撥他的心弦似的。就像他之前說的，Sky穿的褲子太短了，腳一抬起來，褲管就會褪到白皙的腿根，隱約可以看到淺色內褲的邊緣。

唰！

一發現被注視，Sky立刻把腳放了下來，翻身轉向另一個方向，用發號施令掩飾他害羞發紅的耳朵。

「哥記得要把我的書按照集數排好喔！」

「遵命，老婆。」

「我不是你老婆！排好之後，也幫我把桌子底下收一收，那邊亂七八糟很久了。」Phraphai轉頭看著工作桌的底下，那裡異常地凌亂。這之前東西也很多，但都是Sky看似重視的紙張，應該是一些收在那裡的作業，但今天卻滿滿都是揉過的紙團，像是有人故意布置得特別凌亂一樣。這些漫畫也是，集數明顯都是亂的。

當Phraphai聽見軟軟的聲音傳來的時候，他憋笑憋到

快死掉了。

「哥做不來的話，要回家也可以喔！」而且這人每次脫口而出之後，總會忍不住抬起頭、用愧疚的樣子看著他。

要他說，Sky的努力都是徒勞，如果他是來玩玩的話，大概早就溜了，才不會又是做看護、又是擔心有的沒的、又是買各種食物來，就連裁紙他都照做。若現在要他證明心有多真，他敢說絕對很真誠。

又，光是想著那個不喜歡欠人情的人可能會用什麼方式報答……就超激動的！

到了接近太陽下山的時候，Sky的房間已經明亮乾淨到像剛搬進來一樣了，與房間主人越來越難看的臉色成對比。現在的他正盤腿坐著，用既惱怒又迷惘的眼神望著自己專屬的傭人，神色裡更多的是忐忑不安。最後，使喚帥氣男子一整天的傢伙像是再也忍不住地脫口說出：

「我的身價沒有高到足以讓你來做這些事吧？你要認輸了沒？」

「沒。而且你比你自己所想的有價值多了！先說，我已經很值錢了，這表示Sky更是珍貴。」

男孩又一次咬住嘴脣、最後終於開口問出：

「哥什麼時候才會厭倦我？」

Phraphai轉回來看著那張臉，那個總是隱藏感覺的小孩也看著他，眼神裡全是迷惘，於是他走到對方面前、伸手

輕撫那張臉，手中的觸感讓他想用自己的臉頰去磨蹭那片柔軟。今天Sky的不躲不閃令他感到開心，是不是開始習慣他的觸摸了呢？他接著回答了問題：「你想聽真話還是甜言蜜語？」

「我有要求你講過任何甜言蜜語嗎？」

男人大聲地笑了。Sky的坦率，他也喜歡。

「OK，講真話⋯⋯Sky，哥也不知道，因為沒到那個時候，我是不會知道的。」不過他也很公平、同樣坦白地說：「但現在，在這個當下，我並不覺得無聊，我覺得跟你在一起的時候很好玩，做了很多以前沒有做的事情。在我弟生病的時候，我連一次都沒有照顧過他呢！你想想，我把你看得有多重要。」

「有天你終究還是會厭倦。」Sky脫口而出，讓聽者臉上的笑容淡了下來，瞇著眼像是逮到什麼。

「Sky，你在怕什麼？」

「⋯⋯」

男孩緊閉著嘴巴、將頭撇向另一個方向，Phraphai溫柔地將他的臉轉回來。

他原先的設想似乎有幾分正確，這個小孩一定曾遭遇過什麼才這麼拒人於千里之外。眼前狀況說起來很是棘手，他卻願意接下這個難題，儘管他以往的個性並非如此。越是看見迷惘，他就越想成為驅散它們的人；越是看見驚懼，他就越想將人擁入懷中、安慰道：

「沒事的，小乖。」

哥絕不會丟下 Sky！

此時，有句話從他的腦海中閃過，讓男子自己也皺緊了眉頭，而且威力之大，讓他差點站不穩。

該死的 Phai，你到底有多喜歡這個小孩？

但大夜叉沒有時間去抓住那一閃而過的念頭，因為在床上的那個人主動拉開他的手，接著做了一件連 Phraphai 都嚇到的事情——那小孩迅速地脫掉了自己的背心。

抬起頭、與他對上眼的那個人，像是下定決心了一樣，對著他說：

「好，對你，我認了。」

不僅如此，Sky 還抓住自己穿著的褲頭、作勢要脫掉，這讓 Phraphai 趕緊抓住了那雙手。

「嘿！等一下，這是什麼意思!?」他一冷靜下來，便緊緊扣住對方手腕、用強硬的語氣問道。Sky 抬起頭與他對眼相望，在那雙像小鹿一般的烏黑眼珠裡，他什麼也解讀不出來，只聽見認真的聲音說：

「認了就是認了，我不阻止你了。」

「等等，Sky！我做這些事情不只是想跟你上床而已。好好好，不需要那樣看我，我一開始會來找你，的確是想跟你上床沒錯，但現在已經不是了，會來找你、見你，只是因為我想你。如果要回報我的話，只要簡簡單單的一個吻就好了，不，讓我品嘗你全身就好。唉唷，越講越糟糕了，但我

想要的不只是 Sky 的身體而已，我只是……」

唰！

「唔!!!」Phraphai 意外地詞窮了，再怎麼幫自己辯解都跟攤牌無異，只好不停地說說改改，直到另一個小孩再也聽不下去。Sky 支起身，拉下對方脖子、用一個吻封住他的嘴，就像是 Phraphai 一開始想要的那樣，甚至不是輕觸了一次就退開，而是用力啃咬，持續至這位自持的男人也無法抑制地呻吟出聲。

這時，Phraphai 牢牢地摟住對方柔軟的腰，用灼燙的雙唇回應以相同的熱情。誰敢說他經驗不豐富？他輕咬著伸過來探他嘴唇的可愛小舌，深深地吸吮，吞噬整個豐潤的唇瓣，再轉向潮濕的口腔內部，搔弄著軟舌，直到兩人幾乎融為一體，這讓 Sky 從喉嚨裡發出嗯啊的呻吟聲，原本環住脖子的雙手也垂了下來，揪緊他的衣服。

一直到 Phraphai 饜足後，才稍稍退開以看進那雙眼睛，接著便聽見點燃燎原欲火的那句話：

「哥幫個忙別說話，幹我就好」

嘆！

遇上這種事，冷靜得了才怪？

於是乎，高大的男人將 Sky 推上剛換好床單的軟床，駕輕就熟地跨了上去，興高采烈的眼裡像是有小火堆在燃燒，炙熱、狂野、充滿了慾望。看著那張他肖想了四個月的臉孔，加上那無比挑釁的話語，現下幾乎沒有任何事情攔得

了他。

「你確定？」想來該餓虎撲羊的人卻用非常深沉的嗓音再確認了一次，直到床上那人伸出手碰觸他的臉。

「難道哥不想要？」

Phraphai瞬間露出不懷好意的笑容，指節從肩膀一路滑到了胸口，眼見男孩寒毛豎起，卻還是要佯裝冷靜地四目相接，他低下頭在紅脣上用力地親了一下。

「我要。」Phraphai從嘴脣一路吻到側臉、耳廓，輕輕地吸吮著耳垂，直到身下的人開始顫抖，才繼續開口……

「而且我要的是，Sky的身體和心。」

「我不……」

「噓……」在男孩回嘴之前，就被Phraphai給伸手堵住，眼神死盯著亮麗的雙脣，指尖在上頭不留情地游走，直到輕微的痕跡浮現。眼眸深邃閃爍，舔了舔自己的嘴脣，俯下身吻在同一個位置上。

起初只是啄吻，隨著激情一次次疊加，直到口中津液交換的聲音在整個房間裡迴盪。

「哈、哈……呼！」

Phraphai放開Sky，讓對方有時間呼吸，自己卻俐落地下移到馨香的頸間，恣意地磨蹭、在其上印下重吻，吸吮著柔嫩，直至身下人微微地扭動身體，比原先顫抖得更厲害，說明了Sky的身體有多敏感。

「啊!!!」Sky將頭撇向了另一個方向，隨著指節滑向

肩頭，他的雙手也撫遍灼熱的身軀，順著側體腰際來到了大腿股間，再去掐揉令人愛不釋手的緊緻屁股。灼燙的雙脣也盡責地往下滑去，覆蓋住胸部的凸點，輕輕地啃咬。

嚇！

看到纖細的身軀渾身戰慄，大個子也忍不住莞爾。

「喜歡我這樣做是嗎？」熱氣噴在乳頭上，讓它更加硬挺。Phraphai用力地吸吮著，沒一會兒，Sky便像弓一樣曲起了身子，伸手緊緊地扯住他的頭髮。Phraphai舉手搓起另一側的乳頭，輕輕一捏，身下的人就顫抖地更是厲害。

「哥只有……要玩我的……奶頭嗎？」Sky喘著氣問，而聽見的人則是一笑。

「要我一起玩這邊也可以。」

唰！

「啊！」

「哇！濕成這樣了。」Phraphai伸手攫住對方下身的硬挺，只消一眼就可發現Sky穿的褲子已經鼓了起來，當他看見那纖細的身子抬手遮住臉的時候，深邃的眼裡又更加閃耀。

「話可以不要那麼多嗎？」

「你想不想自己弄？」不依Sky要求的那樣安靜地來，Phraphai反而低下身、湊到耳邊低語，大手將可愛的那處從褲子裡撈出來握住，緩慢地套弄。光這樣，身下的人就將他的頭髮抓得更緊，那側手掌遮掩不了的臉龐透露出情慾深陷

的跡象。

「怎麼樣？沒有想著我自己打出來過嗎？」

除了乳頭，他發現耳際也是另一個敏感點。

「別……別弄我的耳朵。」越想阻止就越是被騷擾，Phraphai舔過他的耳廓，然後移到柔軟的耳垂上，用力地吸吮，不讓Sky有機會扭頭逃開，同時握住著脆弱處的手也加快套弄的速度，欣賞著男孩努力咬住下脣、不讓呻吟聲露餡的顫聲。

「別這樣，叫給我聽一下。」

「哈、哈……變態……」

「嗯，我是變態。」

「啊!!」

Phraphai眉開眼笑地接下這個稱呼。即使後背已被汗水浸溼，熱流全數衝向下半身的那處，他仍用指腹在那可愛的頂端用力擠壓，看著瞪大眼睛的人發出再也忍不住的呻吟，毫不害羞地移動臀部去追逐他的手，臉孔因快感而扭曲。這次，Sky將手脖子上移開，用雙手遮住了自己的臉，身體抽搐了好幾下，像是即將抵達高潮。

唰！

「啊！Phai哥、放……放開。」

大個子這時將另一方的雙手固定在頭頂上，將整個人壓進枕頭裡，重新露出漲紅臉孔和情慾高漲下迷離的雙眼，紅腫的嘴脣顫抖著，讓他忍不住低下頭沿著脖子的線條舔舐，

掠過喉結的時候讓Sky微微地發出呻吟，另一隻手仍用力地套弄著分身。

Sky快要到了，而他想要見證由他親手創造出來的愉悅神情。

「……再……」

「什麼？」Sky推開頸項，接下來那句從顫抖的雙唇發出的話語差點將他整個人的理智炸成碎片：

「再用力……再用力一點對我。」

讓他死了吧！這麼撩人的騷話是去哪裡學的!?

啪！啪！啪！

「啊！啊、哈……不……不要，嗯！」

Phraphai本打算要再多欺負一下，卻加快了手上套弄的速度，深邃的眼睛盯著那張一反冰山常態、布滿情欲的臉，眼睛水汪汪的，頰際都是汗水，在熱流迸發、弄髒他的手心的瞬間，顫音從嘴中溢出。

就在下方的人癱在床上喘氣的同時，上面的人正與自己的理智對抗著。

Phai，上啊！褲子脫了、插進去，宣示你是這具身體的主人……但我要的不僅僅是身體而已。

兩股聲音在腦子裡吵架，他低聲嘶吼。

「去廁所！」

唰！

可在高大的身軀刻意撤退前，Sky空出的那隻手抓住了

他的衣角，以眼神代替了問題。

「為什麼？」

「因為我想讓Sky相信，我要的不只是身體而已。」Phraphai冷靜地說，即便下身的山洪就要爆發。

Sky正汗涔涔的躺著、那股完事的腥味更是撩撥起Phraphai的性致。但男孩並沒有被他的話感動，反而一手緊抓著他的衣服，另一隻手褪去臀部上的褲子。

咕嚕！

「嗯。」就算本來自我承諾別在今天把對方吃掉，這下也得將話吞回去了。既然男孩翻身面向床頭，那麼他就不客氣了。翹起屁股的纖細身子讓他渴望的一切全都展現在面前，包括漂亮的臀型、吹彈可破的嫩肉，還有收縮著的緊緻甬道。

「Sky。」低沉的聲音呼喚著，代替警告。認為無害的當事人卻伸手打開了床頭的抽屜，那個翹起屁股低下身的動作讓美景一覽無遺。

小老弟冷靜！小Phai冷靜啊！你現在還不用膨脹到跟夜叉一樣大啦！

不久後，一盒保險套就這麼被丟了上來，接著是一罐潤滑液。Sky毫不遲疑地將液狀的東西倒在手心，向後方探去，緩慢而熟練地將手指插了進去。

所有的事情都在幾分鐘內發生，但對觀看者而言，彷彿永恆的折磨。

「幹！」

Phraphai咒了一聲，即刻抓過潤滑液的罐子往手上倒，意志力崩塌殆盡，果決地抽出Sky的手，換成用自己的手指插進窄緊的嫩穴，溫熱收縮的觸感讓他忍不住想換個東西塞入。

「嗯……」

纖細的人抓著床頭、弓起身來承受，微顫的呻吟像是心甘情願的邀請。

裡頭又濕又熱，緊咬不放，讓Phraphai加快了手上的速度，聽著顫音逐漸飆升的同時，慾望也快將他逼瘋了。

「Phai哥……進來吧！」

要死了！

唰！

「嗯、哈……啊哈！啊!!!」不用Sky再說第二次，Phraphai就從褲子裡掏出完全脹大的小兄弟，迅速地戴上保險套，抬臀接住那人幾近窒息的呻吟聲，探進那處柔軟後庭。他用了尚存一絲的理智先停了下來，想讓Sky的身體適應，但雙手扶著床頭、雙膝支撐身體的那個人卻自己緩慢地移動著臀部將他吞進去，模樣十分誘人。

「我不會痛……進來……」

「明天起不來的話，可不要怪我！」俯身在後頸重重吮吻、烙下牙印，向滾燙的肌膚低吼、將自己埋進這份火熱。不消片刻，只要他一碰觸敏感帶，纖細的人就渾身顫抖。

插！

「啊……深、哥……太深了！」

Phraphai單手環肩，將人拉過來抱住，讓僅剩雙膝撐在床墊上的Sky以手勾手、穩住軀幹，轉頭用潮紅的臉迎接那個壓上來的火熱之吻，再赤裸裸地坦白自己的感受。這副模樣要叫Phraphai如何冷靜？

高大的身軀更加用力抽插、一次比一次還深入，磨蹭著雙脣及脖子直到一片通紅，一手也移上乳頭重重地捏著，另一隻手則抓住可愛的那處套弄。

「Phai哥……再、再用力點。」

前一次就快將他逼瘋了，這回還加上那聲「Phai哥」，他媽的能有什麼比這更爽？

大個子接著讓Sky面向床趴下，但沒有立刻將人就地正法，而是抓著男孩的腳踝將其翻身正躺，另一隻手則老練地將對方的臀部拉向自己，直到對方發出嗚咽呻吟，抬眼所及是男人將汗濕頭髮往後撥去、露出眼中狂野的鋒芒。

「抱歉，我克制不住了。」

話一說完，快感就逼得Naphon同學差點失聲尖叫。高大的身軀一次又一次地朝他衝撞，這回的猛烈程度甚至讓床腳發出撞擊地面的聲音，與節奏狂野淫浪的肉體碰撞聲相應和，Sky只能伸手緊緊地摟住對方結實的脖子、雙腳環掛在對方的腰間，讓身體漸漸被往上拋。

Sky也快要不行了。

「Phai哥，求……求你！」他用焦躁的聲調低語著、來回甩著頭。當快感在虹膜上閃爍的時候，比第一次更清澈的液體弄髒了兩人的腹部，全身抽搐，感受這來自體內的炎熱。

　　在兩人的喘氣聲中，Sky仍呢喃著相同的那句話。

　　「求你。」

　　「求我什麼？」大個子硬起聲問。那小孩雙手緊緊摟住脖子，發出像要哭了一樣的聲音。

　　「求你……快點厭倦我。」

　　男人目不轉睛地盯著，然後微微地笑了，只開口……

　　「就這樣？」

　　「嗯。」

　　但高大的身影沒有再說什麼，只是在嘴上重重烙下一吻。他沒有說出口的話是 —— 他不只不會短時間厭倦，而且這次，他似乎無可救藥地愛上這個人了……沉醉在這個嘴上要他厭倦，看過來的眼神卻老勾走Phraphai整顆心的小孩。

　　那個人真正的意思是……求你不要厭倦我。

　　神情哀切的讓Phraphai只能把懷中人擁得比原本更緊。

第十四章

更加靠近

「Sky。」

「嗯。」

「Sky！」

「嗯嗯。」

「哥的Sky。」

「你叫我到底要幹嗎？」

　　Phraphai一聽到懷裡男孩的怒嗔就忍不住笑了，那孩子甚至還瞪他，但這對Phai一點威脅也沒有，不僅如此，他還將赤裸的身體抱得更緊，把臉埋進香甜的頸側，忍不住又落了好幾個吻在上頭，絲毫不在意懷裡比螞蟻還微弱的反抗掙扎。

　　真要反抗的話，早就把他踢下床了。

　　在得到一次之後，會停下來就不是Phraphai的作風。既然有了第一次，第二、三、四次也就不是難事。他懷裡的人亦沒有反抗，彷彿如他嘴上所說的一樣，想讓他得償所願之後能夠快快厭倦。

　　老實說，「厭倦」這個詞連一撇都沒有出現在他腦海裡過！

　　噗啾！

「吼，很熱！」

男子將鼻尖按在另一個人白皙的臉頰上，親了好大一下。看見他頰上漸漸泛起些許的紅暈，無視於對方的抗議。這可不是強迫，看樣子，是有人害羞到把臉埋在枕頭裡了吧？

「Sky。」

「你到底想怎樣啦！」男孩仍堅持要躺著背對他，而Phraphai跟著抱了上去，歪頭望著說話含糊的人，然後繼續下一輪的騷擾……。

「Sky！」

「……」

某個小孩也知道不該回應他，所以只是閉上嘴巴不說話，但男人並不在意，他低下頭靠在耳邊，輕輕吹著熱氣，讓Sky豎起雞皮疙瘩，接著用低沉朦朧又撩人的嗓音說：

「我不太會喊『Sky』。可不可以叫你『親愛的』？」

來攪亂一池春水是想要被踹嗎？

「Phai哥！」

「是，親愛的。」愛玩的人還是繼續笑鬧。

「我不是你家親愛的！」這時，Sky坐起身，滿臉通紅地舉手遮掩紅得不亞於臉蛋的耳朵，用憤怒的語氣說道。但沒人會相信他是真的生氣了，只是愛做出那副令人覺得可愛的樣子罷了，他的眼神閃爍，鼻頭還紅著，就算再努力瞪大眼睛，也一點都不令人害怕。

「我是因為你幫我做事才跟你上床，不是因為我變成你家親愛的。」

「好吧，那就不是『親愛的』。」Phraphai笑得十分燦爛，不在意那小孩拿來做無謂吵嘴的理由。如果不是真的想給他、不是真的對他有感覺，Sky大概在第二次見面的時候就會跟他做了，才不會守身如玉這麼久。所以這位自信滿滿的男人敢說對方早已經動了心，只是什麼時候要承認而已。

Sky沒有如自己所以為得那樣會隱藏情緒，Phraphai總是能輕易看穿他，像現在，那人聽到「不是親愛的」之後，臉色就臭了起來，大概又在胡思亂想，直到他用雙手捏住對方柔軟的雙頰。

「因為喊『老婆』更順口。」

「……」

那小孩緊緊地抿著嘴，用力別過頭去，嘴角輕輕抽動。

「我也不是你老婆。」Sky在喉嚨裡嘀咕。

這一次，Phraphai沒有接話，只是用笑聲代替。Sky哪會不知道這表示他不接受反駁，於是換了個話題。

「你可以離開我的床了，都是汗臭味。」

「不是只有汗臭味喔，還有其他的味道，像是……」Phraphai枕著兩隻手臂，眼神意有所指地落在光裸的胸口上，再下移到被棉被蓋住的臀部，那些他在腰側留下的斑斑紅痕讓他的下半身再次熱了起來，但下一刻，火一般的熱情卻被無情的冰水澆熄。

「廁所清潔劑的味道！」

嗅嗅。

「真的嗎？」那個自認是特級天菜的人低下頭聞了聞自己，但房內仍充斥著的情慾氣味也讓他難以判斷，他還來不及證實，已經穿起T-shirt的男孩繼續冷冷地說：

「不只是廁所清潔劑的味道，還有洗碗精跟地板清潔劑，跟很重的汗臭味。」男孩轉過頭來瞥了他一眼，毫無興奮之意，甚至似乎夾帶著嫌惡。最後這句補充讓Phraphai的自信瞬間崩塌。

「或許還有……廁所的味道。」

「我還是去洗澡好了。」被說身上帶有廁所的味道，自滿如Phraphai也只得飛快地從床上起身，他毫不害臊地裸身走向浴室，但不忘回頭調笑著問：

「要不要一起洗？」

房間主人用行動取代回應，轉頭拿起了美工刀。而那位Phraphai果然也相當珍愛生命地衝進了浴室。

哇，他真的很害羞！

他忍不住放聲大笑，迅速地扭開水龍頭、洗去身上的汗垢，不到幾分鐘就清潔完畢。劇烈運動後沐浴過的人又恢復了一身清爽，他抓過男孩的浴巾圍在腰間、走出浴室，卻只看見空蕩蕩的房間。

「上哪去了？」不只Sky不見了，就連他先前飛快脫下丟著的衣服也不翼而飛。

男人聳聳肩，他不認為對方會將他的衣服拿去丟掉，因為就算丟了也無所謂，從這裡的衣櫥借一件來穿就好。他語音剛落，就迅速地走去打開衣櫃，自動尋找起有彈性的褲子及寬大的T-shirt，也幸好Sky有一整櫃的衣服，所以不用去擔心尺寸的問題。打理好自己後，就該來尋找失蹤的人了。

不為什麼，只因為那樣臉紅的他，萬一碰到像他這種變態就完蛋了。

「哼哼，還是說，可能只有我這麼變態？」

這樣也好，沒有人覺得Sky弟弟可愛就再好不過，他的人只有他能看。

Phraphai拿起備分鑰匙和手機，吹著口哨離開房間，一來到樓下，他就笑顏逐開，因為他的目標正站在那，背對著他，不過⋯⋯。

「⋯⋯」

正想要開口招呼的男人安靜了下來，愣愣地看著站在投幣式洗衣機前的那個人。Sky臉上綻放的好看笑容，讓他無法發出聲音──那個人雙手抓著被汗水浸溼的衣服，嘴上喊臭卻將臉埋進那件衣服裡，緊緊地抱住，像是萬分珍惜似的，可愛到讓目睹一切的男人想將他緊緊攬進懷裡。

但Phraphai只是帶著笑意、退回到樓上的房間，舉起雙手重重地摸著臉頰。

「我要怎麼厭倦呢，Sky？你這麼可愛，只會⋯⋯」

讓我更加愛你。

他停止去關注內心的聲音，當有什麼感覺時，就那樣地表現出來吧。

「Phai哥！有枕頭幹嘛不躺？」

「我想躺在這裡啊！」

Naphon承認，在跟Phai哥發生關係之後，他有些不知所措。儘管想讓兩人的事情在有更多發展之前結束，但無論硬的來或軟的來，那個人卻怎麼趕都趕不走，於是他才給了對方想要的東西，以為Phai哥得到之後就會自己撤退，可沒想到對方反而黏得更緊，就連他只是下樓去洗個衣服，一回房裡就被抱個滿懷。

兩人出門吃晚餐時，時間已經很晚了。雖然Phai哥沒有對他動手動腳，但光是並肩走著、肩膀輕輕碰撞，就像是頭頂有個小箭頭在註釋：他跟Phai哥不只是普通朋友而已。

再度回到房裡後，他躺了下來，這才不會辜負他迅速將功課清完。大個子男人也走過來枕到他的大腿上，就算把人推開，之後還是會重新再躺上來抬頭對著他笑，最後只好隨便對方。

太近了，不過……很溫暖。

他既想要這樣下去，又想逃得遠遠的。

「Sky喜歡吃什麼？」放任思緒漂浮的人低下頭來，看著突然改變話題的男人。

「如果我不回答的話？」

「我就會繼續煩你。」

Sky知道那張臉是認真的，但還是拿起手機、打開網頁開始看漫畫，迴避大個子的視線，嘴巴卻像認輸一樣打開。

「沒有特別喜歡吃什麼，但不太喜歡吃麵，如果配飯吃的話，就什麼都吃。」

「那喜歡山還是海？」

「海。」

「喜歡什麼顏色？」

「翡翠綠。」

「愛情片或動作片？」

「動作片。」

發現問題並不難之後，Sky也有了回答意願，並開始慢慢習慣有人躺在他的大腿上，起初不知道該放在哪裡的手不知不覺來到了對方的頭髮上，輕輕地來回撫摸著，幾次問答之後，話題也不曉得怎麼著就繞進了他家裡。

「那你不回在華富里府的家嗎？這樣你爸不會講話？」

「Rain跟你說了我是華富里府的人喔？」他確定自己沒有講過，Phai哥只是笑了，毫不在意被抓到他在背後偷偷打探。他聳了聳肩──那也不是什麼好隱瞞的事情，大部分的朋友都知道他不是曼谷小孩，並不是他想說給這個人聽喔。

「我爸不會說什麼的。我從高中就來曼谷念書，他已經

習慣我不在家了。」

「欸？那你來這邊是跟誰住？」Phai哥接著問。

「我舅舅，不過與其說是跟舅舅住，其實比較像是一個人住。我舅舅很常出差，而且有好幾棟房子，我搬去設籍的是他不太常使用的房子，但那邊離學校很近，走一下子就到了。」

「不辛苦嗎？」

Sky搖頭，可舊時的記憶讓男孩的臉蒼白了些。

「有什麼好辛苦的？爸媽每個月都會給我錢，過得比其他小孩舒服多了。而且那時候愛玩，從十五歲開始就自己住，很自由的，住家裡的話還得被我爸管，搬到這裡才像被釋放了。不要看我這樣，我高中的時候也⋯⋯幹過很多事。」雖然才過沒幾年，但Sky覺得現在的他跟當時的他已經判若兩人，至少他現在不再追求別人的認同，也不求別人的注意，轉而成為可以安靜自處的人。

高中時發生的事情，改變了他很多。

「所以意思是，這裡是高中時穿的囉？」Sky嚇了一跳，因為躺在他腿上的人很不安分、伸手過來輕輕壓了他的乳頭一下，讓他不得不咬著嘴脣、瞪著對方，然後臉頰也微微泛紅。

「哥到底對我的胸有什麼意見？」

「就很喜歡啊。」Phai哥直言不諱：「戴個環讓我看一下吧！想知道好不好看。」

「不要，已經不戴了。」這小孩也沒得商量地拒絕了，不是因為看透了這個色胚的意圖，而是因為他堅決要拋棄過去的一切，包括這件事情。

「為什麼？」

Sky也不知道為什麼自己會願意講。

「要我穿乳環的人是──我的前男友。」

一個令人想忘光所有與他相關事物的混蛋男友。

不知道是否是自己的表情透露了太多，Phraphai伸手過來抽走他假裝在玩的手機、放到床邊，另一隻手掐住他的下巴，迫使兩人的眼睛對視，帥氣的臉若有所思，如果不是他想太多，Phai哥看起來似乎有一點點不開心。

「還喜歡他嗎？」

「怎麼可能還喜歡？喜歡的話，我就不會拋下跟他有關的一切了。」原本冷靜的他突然生起氣來，雙脣緊緊地抿在一起，放在Phai哥頭上的手在顫抖，連他自己都意識得到，他用力地搖搖頭，用發顫的聲音說：

「如果可以的話，我想把所有跟他有關的事情都從我腦子中消除掉。我的命裡大概注定會遇到爛男人吧。」最後一句並非想諷刺躺在腿上的Phai哥，但也不知道自己是講了什麼中聽的話，男人眼裡的不開心消失了，取而代之的是如往常一般白目的笑容。

「你說錯了。我這麼好的人，Sky就算花二輩子也找不到！」

男孩則是語帶嫌棄地反駁。

「Phai哥，不用三輩子啦！光是現在，Phayu學長應該就比你好多囉。」

「他有老婆了，而且他老婆還是你的好朋友！可以斷念了，OK？」對於Phayu學長的個性更好的事，Phai哥也不去爭辯，忝不知恥地大方承認。他才不會說，如果自己真的喜歡Phayu學長的話，就不會這麼支持臭Rain宣示主權了。

「如果我不斷呢？」他故意討人厭地回嘴。

「那我自己幫你斷，無論是前男友還是阿貓阿狗什麼的。」

Sky從來不喜歡講前男友的事情，但也不知道為什麼，當看到大個子面露威脅、用強硬的聲音命令他時，過去的恐懼就消失了，反而覺得想笑。

「你有什麼權力？」他反問。

這下子，Phai哥的眼睛更顯晶亮，然後……。

「抱歉，我不怕癢。」大個子男人用手指重重地戳了他的腰間做為報復，但Sky只是若無其事的樣子，給了他一個笑臉，望著Phraphai愣了一下。不過，那張帥氣的臉旋即露出狡猾的微笑，將他的雙手從腰部移動到了……乳頭。

「喂！不要弄！」

安靜的Sky無法再安靜下去了，他的乳頭被用力地擠捏，不是因為那裡特別敏感，而是先前被某人吸到又麻又腫，一被施力，就刺痛得他想扭身閃躲。躺在他腿上的人總

算願意起身了，不過不是躺回床上或者準備回家，相反的，Phai哥壓了上來，讓他的後背緊貼著床，大手恣意地上下撫摸，讓他只能掙扎閃躲。

「Phai哥！不要、就說會麻了呀！」

他越是掙扎，Phai哥就將他抱得越緊，從乳首到全身上下，都逃不過男人的魔掌，不管怎麼抵抗都無法掙脫。他大笑的聲音很響亮，五官深邃的臉也埋進了小孩的頸側，又抿又吸，Sky自己也喘著氣，努力想用眼神嚇阻對方，但Phai也厚顏地持續騷擾，直到兩人都氣喘吁吁。

「哈哈哈，都沒形象了。」

「都是你啦！」男孩吼他。

「好，怪我也行⋯⋯Sky。」

「又怎樣？」

這一整天，他已經不知道聽見自己的名字幾次了，於是連抬起那張紅透的臉去看都懶，直到大個子低下身來，讓兩人的額頭碰在一起，那個笑容無盡寵愛，溫柔的嗓音低低說著：

「Sky要把每一個前任都忘光光喔！」

「⋯⋯」

他沒有更正自己僅有一個前任、不像Phai哥想得那麼多，只是閉上嘴巴，因為高大的人還在繼續呢喃：

「好嗎？通通忘掉，然後只有我一個人。」

就連你，我也不想要。

拒絕的話卡在嘴邊，最後Sky只能垂下眼睛，給了看著他的人一個微笑的機會，然後溫柔地將嘴脣貼在他的嘴上，觸摸過他大半身體的手移到了衣服下緣，用最親密的方式伸了進去，放在溫熱的肌膚上，接著那個惹人心煩的傢伙緩緩移到他臉頰邊，悄聲說道：

　　「拜託。」

　　兩雙眼眸靜靜地交織在一起，Sky忍不住咕噥：

　　「沒有人像哥一樣眼睛被蛤仔肉糊到啦！」

　　Phraphai笑了出來，靠在他的肩上：「嗯，對Sky，我願意被糊到。」

　　早已悸動的人再也沒有力氣去阻止什麼。當他再次被推倒、身陷柔軟床鋪中，只能抬起雙手、環繞著對方的脖子，甘之如飴地張開嘴、接受火熱的吻，在心裡為自己辯護，他只是因為想要讓Phai哥早點厭倦他而已，這樣他們的事情才能落幕。

　　雖然他明明……不想讓這個懷抱消失。

　　每當在Phai哥懷裡，Sky就有安全感。

　　在哪？會厭倦的人在哪？

　　「Phai哥好，來找Sky喔？」

　　「我可不敢來找Rain，不然Phayu那傢伙會剪了我的煞車線。」

　　傍晚下課之後，Sky揹著要拿回去修改的圖筒、跟Rain

一同走下來，眼前的景象讓他瞪大了眼睛——穿著襯衫和休閒褲並打著領帶的大個子男人，正站在那與他大三的學長姐們聊天，熱絡得像是認識了十輩子一樣——然而見狀後滿臉雀躍撲上去的那人，卻是男孩的好友Rain，還回過頭來瞥了他一眼。

「Phayu哥很放心啦，看你的樣子也知道不是來找我的。」

「你收了不少賄賂吧？」Sky瞇著眼睛，看著那個叛徒。

「我可不是用錢就買得動的那種人，這叫做『為朋友好』。」

「不過用『Phayu學長』就買得動是吧？哥拿什麼跟他換的？」他打斷對方的話，轉頭看著來接他的人，而那人則笑了起來。

「只是用Phayu大二時的一些舊事跟Rain交換了課表而已。」

「Phai哥怎麼可以說出來！」這下換Rain皺起臉，卻又不敢發作，因為身旁的人正露出凶狠的微笑、扯住了自己的衣角。Phraphai則大笑著信步走來、伸出手臂環過他的男孩肩頭，纏人的的手躲也躲不掉，不假思索地說：

「在朋友妻跟我老婆之間，任誰都知道要選哪個。」

突然間！

「喔吼！Ran，你的學弟婿很帥耶！」

「對啊，Sky上哪找來的呀？我也想要一個。」

「你不是有老公了嗎？」

「但我老公沒說過『在朋友妻跟我老婆之間，任誰都知道要選哪個』這種話啊！」大三的學長姐們大聲地開著玩笑，帶頭的竟還是 Ran 學姊，這可讓 Sky 挺吃驚的。看著說話毫不嘴軟，挑著眉的白目高個子，他明白跳腳反而會正中下懷，所以只是置若罔聞地安靜站著，即使他的心跳早已像擊鼓一般劇烈。另一邊，Warain 正驚訝地指著他和 Phai 哥。

「才一周沒見，你就有老公了嗎？」

「誰像你，有老公之後一個字也沒有跟朋友說。」他看著臭 Rain 緊閉著嘴，乾笑地瞄著身旁的人。

「而且，這不是我老公。學長姐也不用起鬨了，沒有作品要做嗎？」

「作品？有啊，但先讓我們揶揄一下學弟、恢復一下活力。」學長姐們笑著說，但看來那關鍵句「沒有作品要做嗎」對於喚回理智頗有成效，提醒著他們時間所剩無幾，於是一群人對學弟揮了揮手，並對 Phai 哥行了拜禮後，便魚貫走往另一頭去了。真想知道這大個子是什麼時候跟系上的人攀上關係的。

直到現場剩下他們三人，Sky 轉頭看向 Phraphai，對方癟著嘴、佯裝痛苦的樣子，用力環抱自己的胸口。

「不是老公的話，那我對 Sky 來說是什麼？」

煩耶！

Warain 也看著他，滿臉好奇的樣子。此外，Phraphai

的眼睛一眨一眨地，令人想狠狠戳下去，手還勾著他的肩頭不放，Naphon乾脆給了他一個拐子、不讓他靠近，看著對方閃躲不及，可憐兮兮地捂住肚子，他也只是冷笑直嗆：

「殺時間的玩具。」

「⋯⋯」

「⋯⋯」

眾人短暫地沉默，意識到自己說了什麼的他，臉頰不禁發燙起來。

「嗚呼——！」好友用力拍了下手，Sky咬著脣，轉身就要離開。

「我回去了。」

「Sky等等，我的車在這裡。哼哼，自己說完還害羞想逃？快點過來，玩具來接你回家了，快來善用你的玩具吧！」被呼喊的人臉上火辣辣的，步伐越走越快，但他沒有去叫摩托計程車，只是快步走到那台Phraphai在上班日用來代替重機的大台房車旁邊，嘴硬地說：

「我沒有害羞！快點解鎖啦，我想回去睡覺了。」

他又沒說他自己不喜歡有人來接他。

Sky曾想，當他願意給了，Phai哥也許就會消失得無影無蹤，只有為了上床才會回來，但自己完全想錯了。先前一週兩次已經覺得對方來得很勤，現在還一週來個四、五天，不斷地出現在他面前，不是下班來一起吃飯，就是週末跑來

占據他的房間。

還以為Phai哥很快就會膩了，那人卻常常送食物到他的房間，偶爾還會去系館接他 —— 因為有時系學會要開會開到很晚 —— 引來同學跟學長姐們的嘲弄。Phai哥甚至還常來幫他做作品，手藝開始進步、裁紙也不歪了；認識他的各種文具，跟他要什麼都能找給你；然而他明明⋯⋯什麼也沒做。

當他問起，Phai哥只是笑了笑，吊兒啷噹地說：

「等Sky能夠睡飽了再說。看你這副愛睏的樣子，我怕我硬不起來，會失去信心。」

但沒說出口的關心，藏在男人擔憂的語氣中，以及摩娑在自己臉頰上，手心的溫度裡。

「記得睡覺喔。」

他很想問Phai哥：不休息一下嗎？每天來找他不累嗎？但他能做的只是閉上嘴巴，乖乖接受Phai哥在周六下午出現在他面前，緊緊地抱著他，積極地問：

「有沒有很急的功課？」男人的聲音暗啞，但也總是準備好在他說有工作的時候要放開他。

「沒有。」

那一刻，就算功課再急，Sky也會先放到一旁。他只想接受那灼熱的碰觸 —— 他成為了那個等待的人，渴望Phai哥緊緊將他抱住，他已經等了整整一週。

他知道，自己並不想推開他，而是想要靠近，想到都要瘋了。

第 十 五 章

更 是 癡 迷

「唉呦！」

「Phai哥怎麼了？」

「切到一點手指，不要緊。」

週間某天的晚上，Phraphai仍盡著外送員的義務為建築系大二的學生送餐，心裡想著要跟對方見面吃個飯再回家，這樣才不會打擾對方的工作時間。不過，等了又等，Sky都說了三次「等五分鐘」了，男人只好幫忙收拾東西、殺殺時間。他看見Sky用來貼模型的膠帶在地上滾，尾端還沾黏得亂七八糟，於是基於好意，拿起美工刀（那個Sky用得順手的武器）想要切斷它，但……就這樣切到自己的手指了。

他的叫聲讓正在做事的人轉過頭來，眼神落到試圖藏起卻來不及的手上，於是他給了一個微笑、表示不要緊。

「什麼不要緊？我才剛換了刀片！」那小孩立刻走過來，把手抓去看傷口，直到他把手抽回，給了一個輕鬆的笑。

「小傷而已。我等下去買新的給你，膠帶都被血弄髒了。」刺痛感讓Phraphai知道傷口切得比自己想像的還深，鮮紅的血從壓住的手滴到了膠帶上頭，可Sky一點也不在意，只想著看他的傷口。

「沒差，髒不髒都可以用。哥不要遮住你的手啦！」男

人喜歡這種擔心的語氣，但看到那小孩蒼白的臉，他就下意識想遮住手，直到……

「手拿來！」

Sky抬起頭瞪他，語氣凶狠，奇怪的是，這天不怕地不怕的男子也馬上把手伸了出來。

「這麼深還說不要緊！要去看醫生嗎？」

「一點傷口而已，摔車還比較痛。」他想逗對方笑，狠戾的眼神卻掃了過來。那個視線幾乎沒有離開過手上作品的小孩站了起來，將他拉進廁所、打開水幫他洗傷口，他眯著眼低頭仔細盯著那道傷，樣子看起來比做作品時更加焦慮。

「你不要覺得只是被美工刀割到，我朋友曾經割到得去給醫生縫，而且我傍晚才剛換過新刀片，利到都可以殺人了。你看，這叫不深？都流了那麼多血。」Sky一邊說一邊捏緊他的手指，臉色也更加蒼白，眼睛直盯在傷口上，沒注意到應該喊痛的人早已不痛了，笑容還越發燦爛。

「嗯，好痛喔。」嘴上持續裝著可憐。

「看吧，就說傷口很深。我覺得還是去看醫生好了……Phai哥在笑什麼？」

「沒，我可能是痛到有點不正常吧。」

Sky抬頭看向他，Phraphai來不及收起笑容，只能夠支支吾吾地看著那個眼睛更亮、嘴巴抿得更緊的人……

吵！

「吼喲！我的傷口還在痛耶，都濕了啦，你看！」

男孩將水潑在他的臉上，旋即放開手走了出去，讓他不得不小聲哀鳴了一下，想引起對方的憐憫心，但看來只是燃起了更多怒火。

　　Sky已經離開了廁所，但他還是笑得出來。

　　「是不是擔心我血流太多？」要不是顧慮到血還在流，Phraphai大概會喜孜孜地走過去、在那個擔心的人臉上香個三四下，但他現在必須先把傷口壓好，只能溫柔地笑著。一抬頭看到鏡子，只看見一個眉開眼笑的男人，臉上一點剛受了傷的跡象也沒有。

　　「比原本還帥呢！」

　　「是痛到不正常了嗎？」

　　大個子放聲大笑，但他可不是故意要白目，他是真心認為鏡子裡頭的男人比原本更帥了，因為……太幸福了。

　　不用說也知道是因為誰而感到幸福。

　　直到確定血止住了，只剩一點點滲出而已，Phraphai這才關了水、走出廁所。他想著可能會看到某個小孩已經轉回頭去繼續做作品、完全忽視他，但Sky卻是坐在床尾，手上還拿著OK繃、碘酒、棉花跟棉花棒，惱怒的臉上只剩下擔心，在他走出來時還探過來看，並且來不及縮回去。

　　「哥……呃、過來這裡坐。」然後那個希望他早日厭倦的人招手、讓他坐到身邊去，Phraphai也馬上聽話照辦。

　　「手給我。」

　　「Sky是把我當成小狗狗？」

沒有瞪他，那雙眼睛只是繼續盯著他的手，直到他乖乖將手遞出去。

　　瘋掉！我無法忍住不笑了！

　　Phraphai用另一隻手摀住嘴巴，怕男孩發現後會再次丟下他的手掌，看著神色緊張的Sky小心翼翼地上著碘酒，幾乎將眼睛貼到他受傷的手上，這副模樣要如何不讓他胸口湧上一絲疼愛？

　　「有點痛喔。」

　　「嗯。」他平靜地應著。

　　不，就算逼他開口，他大概也只會說……誰的老婆呢？太可愛了吧！

　　現在先讓他將專屬護士欣賞個夠吧！

　　Phraphai不禁想著，多希望傷口能夠再長一點，這樣他就能看久一點。但沒一會兒，Sky就在傷口上貼了OK繃，像哄小孩那樣輕輕摸了摸，只是臉色並沒有好上多少。

　　「不要碰到水喔。然後要每天換藥。」

　　「擔心我？」他真的忍不住了，天啊！

　　那小孩猶豫地抬頭望著他。男人知道Sky不會把這種話直接說出口，什麼「哪時會厭倦」、「何時要走」、「什麼時候要回家」這類該死的話，他聽得可多了，但若要表現出對他的感覺，那可是門都沒有。於是他用玩笑的語氣說：

　　「如果Sky親我一下，保證明天就好了。」

　　等下大概會冷冷地瞪他一眼……。

啾！

蛤？？？

Phraphai的笑容僵住了，當柔軟的觸感落在OK繃上的時候，那個吻又快又輕，還隱約含著擔心。之後，面前那個每次都趕他回家的小孩不是很肯定地抬眼看了一下，又再次低下頭，用近乎細不可聞的音量低語：

「Phai哥要快快好起來。」

「好……」

「你餓了就先吃，我再一下下就好了。」語畢，Sky趕緊要從床上離開，卻被Phraphai一把抓住。

「擔心我？」

深邃的眼睛靜靜盯著試圖想逃避視線的人，然後那個年輕愛玩的小伙子的心猛地膨脹起來，因為……

「嗯。」

Sky不光是耳朵紅了，還蔓延到臉頰及頸項，讓人只想要將他抓過來抱緊、重重地啃一口，讓這小孩知道他有多可愛。但他所能做的，只有用力捏了一下後放開對方的手。看著迅速衝回工作桌的人，Phraphai臉上的笑容比更燦爛了。

「我不餓，等Sky一起吃好了。」

「嗯。」

雖然沒有好聽話，沒有軟聲細語，Sky對他來一起吃飯也沒有表現出特別高興的樣子，但對方趕著做完作品、紅著臉過來吃飯的行為，還是讓Phraphai感到下班後特地跑來

真是太值得了。

誰說「一點傷口不影響心情」的，Phraphai覺得不對，如果有人這麼可愛地幫忙上藥，心不悸動才奇怪吧！

「哼哼，可愛爆了～」

「死Phai，我真怕你了。」

隔天，Phraphai沒有如平日那樣繞去找Sky。並非是那小孩趕他走，而是因為對方說要跟朋友一起去做功課，而他也覺得是時候該帶愛車去做做檢查及換換機油，於是，過往把車看得比女生還重的人就帶著它來到了雙胞胎Phayu和Saifa所開的修車廠。

雖然在市中心賽車場時，Phayu是個厲害的修車技師，不過白天時，他也只是一個平凡的建築師，特別點的是他家裡開了一家大型修車廠，專做訂製車款的生意，所以現在提供服務的人是Saifa，也就是雙胞胎裡的弟弟。

至於Phraphai為什麼會認識這兩兄弟，也是人家介紹的，說如果要值得信賴的修車廠，那一定得選這家。

所以男子現在坐在車廠的玻璃辦公室內，等待他的愛車，他看到指頭上貼著的OK繃，忍不住輕笑出聲，讓Saifa感到奇怪極了。

死Phai雖然長得不錯，但笑容跟痴漢一樣，都沒人敢踏進這裡了！

Saifa無奈地搖搖頭。

「我才沒有你那麼可怕，你鬍子偶爾也刮一下吧！」

若說Phayu是狂野系，那Saifa就是邋遢系——鬍鬚濃密到很邋遢！

「這是性格吼！」Saifa反駁，但自己也笑了出來。

「之後考慮啦，我女朋友也每天吵著要我刮一下毛——她說我的鬍子是腿毛——對了，那你呢？心情在好什麼？最近常常不見蹤影。」

「我每次都有去賽車場。」

「怕你是忘了，Phayu是有去，但我最近沒去啊！」

Phraphai轉過來正視他，眼神帶著疑問：你跟我這麼久沒見了喔？

「你跟Phayu是雙胞胎，我當然會搞混。」

「你說你分不出我跟Phayu，就像在說你分不清哈士奇跟鬥牛犬一樣。」一個是狂野帥哥，另一個留了滿臉鬍子，分不出來是瞎了嗎？

「你也承認自己像鬥牛犬一樣長相平凡囉？」Phraphai放聲大笑，Saifa也沒回嘴，只是坐到旁邊、把取車的資料丟在好友的腿上，問道：

「所以你到底是在笑什麼？」

「就我家小孩很可愛啊。」

「你家小孩？又是哪個小孩？是你比贏了之後拎回家的那個，還是你從半路撿回去的那個？」

「這個是真愛。」

「欸？」

Phraphai皺起眉頭，看著一臉彷彿天要下紅雨了的好友。

「你是在驚訝三小？」

「你這種人耶！」Saifa一臉狐疑。

「為何？Phayu都可以有真愛了。」

「我哥看起來的確是像深藏不露的老狐狸那樣狡猾，不過他其實跟他弟一樣很專情，但你咧？我認為你就是玩玩人家而已。」聞言，男子聳了聳肩，好友說的也是事實 ── 在這之前，他跟誰都是玩玩而已 ── 但他可以確定這次並不是。他的眼神又落到了OK繃上，他還清楚記得脣瓣印在上頭的感覺呢！

「他跟別人不一樣。也不知道是怎樣，這小孩常常面無表情，可在床上卻像母老虎一樣火辣。我一開始只是有點在意，但越接近就越發覺他不是什麼堅強的小孩，他很脆弱、愛撒嬌，也怕寂寞。他常常覺得自己是個說話直接的人，還問我到底何時才會厭倦他，不過真的有需要的時候卻不願意說出口 ── 我都看到好幾次了，他看著我的樣子，明明就是超開心我去找他；他以為我沒看見，就會偷偷對我笑；他覺得我睡著了，就緊緊地抱住我 ── 哪來那麼可愛的小孩啊。」Phraphai一邊說，笑容也越來越明亮，不若以往那樣輕佻玩笑的樣子。

他想好好守護Sky的笑容。

男人沒把話說出口，但這樣告訴自己。

Saifa瞇起了眼睛。

「你只是想炫耀你家小孩給我聽對吧？」

「哈哈哈。」Phraphai用笑聲代替答案，同時接下筆、簽名取車。

「我同情他們。之前是同情Rain被Phayu看上了，現在又得要同情另一個落入你魔掌之中的小孩。」

「什麼魔掌？是神的懷抱！你朋友這麼帥！」

Saifa聳著肩接過遞回來的文件，然後站起身、揮手示意他跟上來，接著帶頭走向一台清潔完成的重型機車 —— 車已經換好機油並做完相關檢查了 —— 然後繼續說道：

「這週你會去嗎？」

「去哪？」他滿意地摸著愛車，但心已經飛到說要跟朋友做功課的人身上去了。

「Off哥的生日派對啊。你跟他那麼好。」

Phraphai想起了那位賽車活動的成員之一。他完全忘了很久前有被邀請過，而且就像Saifa說的，因為兩人都是好相處的類型，所以別人認為他們很要好。不過，Phraphai其實沒有將誰看得特別重要，Phayu跟Saifa好一點，算得上是朋友，至於其他人就都差不多。怎樣都行啦，這次活動會出現的人可都不是什麼平民百姓，都是商界人士或者有頭有臉的人，不去的話也不好意思。

「去一下也行。」

既然是週日，那他想從週六晚上起就抱著那個可愛的小孩。

叮！

Phraphai把手機拿出來看，嘴角上揚起來。

「這星期天，我不去了。」

「噢！你他媽的善變什麼？有事情？」

「嗯，有重要的事情。」

從短短一則訊息來的要事。

……這週日可以跟我去買東西嗎？……

不管是誰的生日，或多重要的事情，他都會爽約的，因為跟這個極少發訊息來的人去購物，比任何事都重要多了。

「我真的好同情那個小孩。」

Phraphai不知道自己是否露出太多表情，才會讓Saifa搖頭。但他只是牽起了車，跨上愛車後，掛著張揚的笑容戴好安全帽。

「對了，忘了說，我家小孩是Rain的朋友。走囉！」說完，他騎著車走了，丟下眼睛瞪得大大的修車廠老闆。

如果Warain說，他很慶幸有Phayu這樣的男朋友，那麼Sky就該超慶幸自己有像他這麼甘願奉獻的男友！

什麼？誰說他自戀？是他好到可以被迷戀好嗎？

「Phai哥，今天會回家嗎？敵人闖進來了！」

「自己處理。我沒空。」

這是他跟Phraiphan之間的小小交流，大概又是嫿嫿闖去家裡、一哭二鬧，想博得他們媽媽的同情，多拿點贍養費。Phraphai每次都會幫忙處理的，但今天沒空，他直奔到這棟現在來得比回家還頻繁的學生宿舍，然後在看見某人已經在等待他時，帥氣的臉上露出了燦爛的笑容。

　　「最帥氣的風來了！」

　　「我還以為是拉胡天神。」

　　「但這個拉胡不吃月亮喔！可以換成吃掉天空嗎？」

　　趁著Sky上車時，Phraphai逗弄他、看著那個人微微瞪大了眼睛、雙頰開始泛紅，並回給他一個冷漠的眼神。

　　「猥褻！」

　　「Sky想太深了。」

　　「你這種人也會覺得別人想太多嗎？」

　　「會啊，畢竟我既有深度頭腦又好，而且還有個好男友呢！」Phraphai順著接話，也不否認自己好色。就真的有想嘛，說了就想吃……。

　　「我想，我自己去好了。」

　　拉！

　　在Sky要跨步下車前，Phraphai先抓住了他的手臂、拉著人坐下，然後手越過肩膀拉下安全帶扣好。

　　他今天是開車來的，而不是騎他的寶貝愛車，因為轎車比較方便載採買的東西，Sky也能坐得舒服一點。不過，在回到椅墊上好好坐直之前，男子利眼觀察到了那蘊著水光的

目光，於是忍不住飛快地在軟脣上親了一口。

「真的不想跟我去？」他在脣邊問，看著那人閉眼閃躲。

「我要使喚你背很重很重的東西，使喚到你想逃！」

「嗯哼。」Phraphai只回了這個，眼神愉悅，用鼻子點了一下柔軟的臉頰，然後回來坐直。

走著瞧好了，Sky忍心看他一個人扛東西嗎？

「好好開車。」男孩輕聲嘟囔著、笑容甜甜的。

Phraphai敢說不只有他一個人對假日能見面感到開心，而且相信他，這並不是自戀。

在這樣的假日裡，百貨公司裡到處都是出門休憩的人潮，Phraphai通常很喜歡這種氛圍，但今天他卻莫名不滿，或許是因為發現有些饒富興趣的目光正盯著他身旁的小孩看。

在宿舍見面時，Sky常常穿得很舒適，像是短褲跟背心，或是寬鬆大件的衣服，但一出門，他就會打扮一番，穿上能展現修長細腿的貼身牛仔褲跟色彩鮮艷的T-shirt，頭髮也不亂了，梳理得整整齊齊，襯出那張好看臉蛋的光彩，整理過後，Sky變成一個魅力十足的年輕人，讓好幾個女孩子頻頻回頭。

Phraphai本來就對望向自己的目光很敏銳，但今天對看著Sky的目光又加倍敏感。

「Sky有沒有跟女生交往過？」

「我不是你，男女通吃。」

他被嗆了，但卻他媽的嘴角上揚。

意思是沒興趣。OK，那就隨她們去吧。

「就哥帥到不能只保留給單一性別啊！」

看樣子開錯玩笑了。

正從架上拿出文具的男孩用難解的眼神看著他，隨後一言不發就往另個方向走去，讓他得趕緊踏步跟上。

「我開玩笑的。好嘛好嘛，現在我只讓Sky一個人看著我啊，然後Sky也要只讓我一個人看著你喔！」無效！Sky還是不轉頭跟他講話，只是把尺拉出來、拿好，然後繼續走去找下個物品。

「我不喜歡有人看Sky嘛……不然這樣好了，下次我去做情侶衣給你穿，要什麼設計好呢？我穿『Will you marry me?』，然後Sky穿『Yes』？還是我的是『旁邊的人有主了』，而Sky就穿『旁邊的人是我老公』？嗯，這個我喜歡。覺得如何？等下買完東西去找做情侶衣的店好了。」

「哥的腦袋是有問題吧？」

「但腦袋有問題的人能夠讓Sky微笑喔！」

Phraphai好整以暇，因為某個氣呼呼的人從「Will you marry me？」開始就嘴角抽動，現在還噗哧一聲，將手上選好的東西通通交給他提著。

「哪裡笑了？」

「你的嘴巴啊！」男孩聞言旋即轉了身往前走，耳朵大概又紅了。至此，Phraphai才願意換個話題。

「你說要買的就是這些東西？我看你房間裡滿滿都是。」

他手上有各種不同的筆，還有尺、鉛筆跟電動橡皮擦，這些房間裡都有。那句話也讓走在前頭的人轉過頭來，沉重地嘆了一口氣。

「前幾天我放在系上，但我跟教授談完回來的時候，就通通不見了，也抓不到是誰做的。反正在我們系就這樣啦，放錢包還不會丟呢，但文具隨時都可能不見、也找不到是誰拿走的。下次要寫名字貼在上面了，還要用防水膠紙，讓它連翹都不會翹！」Sky邊說邊走去結帳，但Phraphai卻沒跟著走。

「學校附近應該有賣這些吧？」

「……」

Sky看著他的眼睛。

「……」

Phraphai看了回去。

啷！

那瞬間Sky滿臉漲紅，用手遮住了嘴巴。

「就……就百貨公司便宜一點。」說完，他慌忙地走向收銀台，跟放聲大笑的大個子形成了反差。

在百貨公司會比學校附近便宜？我可不是三歲小孩！

Phraphai不慌不忙地跟在後面，臉上的笑容任誰都知道他有多開心、被逗得多樂。

　　要不是顧忌現在人在百貨公司裡，他大概就會把Sky拖進房裡，鎖得嚴嚴實實，囚禁得讓他看不見日月。這小孩也太可愛了吧，為了跟他出來逛百貨還找了這種彆腳的藉口，直接說就能一起來的呀。

　　唉！我真的要迷死他了。

　　「不幫我提一些嗎？」

　　「不要！」

　　「但這總共有六十集耶！」

　　「這樣就嫌重，哥也太弱了吧！」

　　Phraphai從半個小時前就想在百貨公司裡大笑。當Sky被拆穿找藉口跟他出門後，那男孩就用使喚他當挑夫來掩飾自己的害臊──一下買這一下買那，步伐飛快極了，還進了漫畫店一口氣包了六十本的書，也不知道看不看得完，住處的書架上還有連膠膜都沒拆的呢！

　　這分明是在掩飾害羞。

　　Sky或許嘴硬，行為卻很軟，害羞起來，耳朵和臉頰總是發紅。

　　「我比Sky想的柔弱多了，要多照顧我，知不知道？」Phraphai誇張地發著牢騷，那小孩瞥了他好幾眼，然後停下腳步，轉身沉默地看著他，知道自己有點玩過頭的人送了一

個表示歉意的微笑，今天的確鬧夠了，再下去今晚可能就別想過夜。他已經曠了一整週了耶！

萬一之後Sky又忙於功課，那可能會是兩週或三週……

「我不抱怨了。餓了嗎？去找東西吃好了。」帥氣的青年用軟軟的語氣問，看著走過來的人站在他的面前，還以為會被諷刺或者鄙視，但是……。

唰！

「輕點了吧！」某個可愛的小孩拿走裝書的袋子，小聲喃喃著，隨即轉過身繼續往前方走，假裝柔弱的人只好亦步亦趨跟著。要不是雙手滿是購物袋，他大概會用手捂住胸口，因為那裡……滿滿的愛要溢出來了。

如果有人會厭倦Sky，那他一定是瘋了。

當看見Sky走向某家店的入口時，Phraphai的心又劇烈跳動起來。

不是因為害怕要增加多少負重，而是……。

「我要吃這家。」Sky語氣任性，接著徑直走進了……燒烤店。

這不是「任性」，而是……「貼心」。

某個小孩把自己喜歡吃肉這件事惦記在心裡，那讓Phraphai不由自主皺起眉頭，舉起提滿漫畫的手捂緊胸口，然後發現它……他媽的跳得好快。

第十六章

「喜歡」的意義

橙色的炭火正將熱能傳至上方的烤網，直到頂上冒出熱氣，將原本鮮紅的肉變成漂亮的咖啡色，肉上的油花劈啪跳動著，香氣飄散在整間日式燒肉店裡。此時，某位客人也正夾著烤熟的肉放進對面那人的盤子裡，然後逐步將新的肉品放上烤網。

「Sky吃吧，我等下自己烤就好。」

「沒關係，我先等湯上來。」

烤肉的人並不是Phraphai，反倒是男孩從肉品送上桌之後，就只顧著夾肉進另一個人的盤內，久久才會有一次是把肉沾了醬、送進自己的嘴巴裡。

Naphon同學發誓，他真的不是要討好那個來幫忙提東西的大個子男人，只是想起Phai哥一直以來買東買西給他，雖然不是他要求的，但除了一開始倒給狗狗吃以外，後來每次的食物他都有吃，現在這樣可說是報答恩情，真的不是要討好對方。

我是在跟誰辯解啦！

男孩搖搖頭，繼續專注翻著烤網上的肉品，不再去探尋這個問題的答案——為什麼他要為了今天有空檔出門購物，從昨天就急著催促同學們完成作業？而且他要買的東西還是

系館附近就可以買到的。

「一起吃。你上次生病之後就瘦了。」

「已經跟原本一樣重了。」Sky回嘴——他的病已經痊癒月餘了，且那時也沒有瘦多少——但Phai哥搖了搖頭。

「相信我，我量得很準。」

「你上輩子是磅秤嗎？」就會諷刺他。

「哼哼，光是用視線跟雙手就很準了。二十八腰，對不對？」Sky夾著肉的手頓住了。他盯著對方的眼睛，知道不想讓對方靠過來的話，別接話才是上策，一看就知道話題等下絕對會繞在肚臍以下的部位上，但他免不了要嗆一句……又或者，他只是想聊天？

「在偷看我的褲子上緣是嗎？」

「幹嘛偷看，直接脫了再看就好。但我沒看，我的人幾乎每天都抱著，怎麼可能不知道？唔！快吃！」要是嘴裡有東西，Sky可就要被噎死了。Phai哥是否忘了他們在餐廳中央？竟然夾著肉送到他面前，晃來晃去要他張口接下。不過，他哪會那麼輕易接受！

「哥不要玩了。」

「沒在玩，是真的要餵你。快點張嘴！」

「Phai哥！」白淨的臉頰滾燙得嚇人，試著用凶狠的語氣說話，但哪有什麼能讓這個男人沮喪？那人仍舊拿著肉在Sky的嘴邊輕點，讓他不得不咬緊下脣。

「不張開的話，我等下用嘴巴餵你！」

「啊……呃、為您們上味噌湯。」連 Sky 這麼會隱藏情緒的人都覺得尷尬了，更不用說差點被口水噎到的女服務生，她一邊低著頭，一邊將兩碗湯放到桌上，然後迅速離去，但這對厚臉皮的男人完全起不了作用。

「快吃！別讓我逼你。」

「整間店的人都在看了。」

「就讓他們看呀！我只看到 Sky 一個人而已。」

Sky 聞言一愣，心裡麻癢地像有刺毛鵝豆的細毛在搔一樣。他試圖告訴自己別去相信這個風流男子所說的話，也不知道和多少人說過這種甜言蜜語了，無法信賴。但那雙令人沉醉的琥珀色眼眸直直地向他看了過來、對他微笑，還堅持要餵他。

「Sky 不吃的話，那我也不吃。」

還能怎麼辦？男孩只能張嘴吃下那一大塊已經涼了的肉。

「看吧！我就說是情侶！」

就在那時候，他聽見背後傳來一道模糊的聲音，讓他不得不轉頭去看，接著發現剛才那個服務生正在與朋友聊天，且對方馬上避開了他的視線。他只好回過頭來瞪著大個子。

「別人都誤會了啦！」

「嗯，別人真的都誤會了。」

Sky 覺得自己應該要習慣 Phai 哥說「他們不是情侶」的這類話才對，但他仍克制不住逐漸黯淡下來的眼神，也因

此沒看見帶著狡猾笑容的人舉手喚來那位來不及避開眼神的服務生。女孩再次靠近桌邊。

「請問還需要加點什麼嗎？」

「不要加點。妹妹妳剛才有點誤會，所以我想更正一下。」

「是？」

該死，Sky 你為什麼要感到失望？

Sky 低著頭、更用力地翻著已經熟透的肉，做出不在乎Phai 哥將他定位在何處的樣子。大個子偷笑著，然後……

「這是我老婆，不是情人。」

欸！

這回，無論是多沉默的人都會被嚇到，他抬頭看著說話的人。Phraphai 露出燦爛的笑容，放下筷子，把手放到了Sky 的頭上，疼愛地輕揉，但嘴上仍對著張大嘴巴的女孩說：

「還有，我要點一碗蒜頭炒飯給我老婆。」

「呃……好的好的，請稍等。」服務生點了好幾次頭，然後趕緊走去送單，不像某個剛回復理智的冷靜人士。

「哥在說什麼啦！」

「嘿！我說錯什麼了？難道Sky 要說自己是我的老公？但你一次都沒有在上面過啊，我確定沒說錯，還是說我們要交換……唔呃呃——」大個子沒來得及說完，男孩就拿起生菜、飛快地塞進他的嘴裡。男孩的雙頰漲紅、眼睛瞪到都快掉出來了，但多嘴的人只是拉過他的手，接著……

啾！

「想餵我也不講。」Sky縮起手的速度不亞於碰觸到滾燙的物體。

他到底該怎麼面對這個男人啦！

「嗷！別只顧著害羞，嘴巴跟手都要動啊！還是說，要我餵你？」

男孩抬起頭，再次對上了眼，然後發現眼睛閃亮到不行的人補充……

「你這樣臉紅給我看，會讓我的心忍不住顫抖。」他還能怎樣？只能低下頭、將肉塞進嘴巴裡，逃避那混帳的視線。

是說，這家店的醬汁加太多糖了吧？為什麼吃起來這麼甜？

有時，秀逗的可能不是他的舌頭，而是那顆瘋癲到喚不回來的心。

「等我一下喔！」

Sky沒想過，自己會再訪這個地方——他曾經失過一次身的豪華小公寓。

他們吃飽喝足之後，Phraphai就邀約他繼續去看電影。他也同意了，但一通電話打了進來，這邊的人拒絕著，不過另一端似乎糾纏不休。等電話掛了之後，他才知道是朋友打來約Phraphai去參加今晚舉辦的生日派對。當他說自己可

以先回去時，就再度被拉上車，被帶來這裡。

「我來拿一下禮物。啊！在這！等下拿去給壽星。去打個招呼，然後我就送你回宿舍。」發話的人帶頭走進客廳，Sky則用眼神掃過了四周。

他有五個月沒來過這裡了。

再過不久，遇見Phai哥就滿半年了。

那次來也沒來得及觀察什麼，只想著讓這個男人快點完事後回家，而這次來才有時間深究……這間房比一般的迷你公寓大上許多，有分離的客廳跟廚房，最裡頭是有一張大床的臥室。四處都裝潢得很漂亮，像是家居雜誌一樣，東西少到彷彿沒有人真的住在這裡。

「哥去朋友的生日派對吧！我可以自己回去。」

「不要，我比較想跟你待在一起。」Phraphai嘴上說著，同時拿了一個長型的紙袋走了回來，可以猜到裡頭應該是某一種酒。他眼裡透露的懇求讓自以為心腸很硬的人心軟。

「還有，Sky的東西也在我這裡，我不會讓你自己回去的。去繞一下而已啦，露個臉就夠了。」男子補充，似乎在擔心他會先跑回去。他於是點頭，雖然眼睛盯著客廳的沙發，但那也沒有為什麼，只是不敢看著Phraphai的眼睛、怕誤會自己很重要罷了。

「Sky喜歡這間房？」Phai哥跟著視線看了過去，他趕緊點頭。

「很漂亮。」

「那我送你，要嗎？」

「蛤？」最終，聽者轉頭過來看，然後飛快撇開了視線——他不敢斷定那雙眼神代表著什麼。

「我說真的。現在已經沒在用這間房了，給你好了，然後我就搬去Sky的宿舍一起住。」說話的人伸過來牽了Sky的手，然後抓緊。

「哥是傻了嗎？我的房間那麼小。」

「但如果沒人一起住，住那麼大間要幹嘛？」

「你就找人來啊！這裡不就是你用來拐人、然後把人家吃乾抹淨之後就丟的地方嗎？」他怎會不知道特別準備這種空盪盪的房間，通常都是別有意圖，而不是用來居住的！現在兩人常常待在一起，他因此知道Phai哥沒來找他的時候就會回家睡。那這種該死的漂亮房間不像他所講的那樣，那還能用來幹嘛？

「不要，我只要你。」大個子湊上來讓臉頰貼著臉頰，Sky被抓著的那隻手也被迫貼上了胸口。

「Sky聽見了嗎？」

「沒聽見的話，你就死掉了吧！」聞言之人笑了出來，但不願放開那隻被迫感受心臟跳動的手。男孩此刻也只能站著不動，感受裡面的那塊肉劇烈地跳動，而他也一樣，他的心臟也越跳越用力，直到心跳聲在腦海中迴盪。那人在他的臉頰上親了好幾下，然後嘴唇移到了他通紅的耳邊。

「它說喜歡Sky。」

男孩緊咬著嘴脣，眼睛抬起來看，然後又垂了下去。

「我……」無話可說。

他什麼也說不出口，只能低著頭。覺得Phai哥很快就厭倦的想法，也不知道消失去哪了，只聽見Phai哥的聲音似乎在很近的地方響起。

「頭抬起來一下。」

「要幹嘛？」

「因為我想親Sky。」

他可以繼續低著頭，讓Phai哥強硬地扶著他的下巴時再慢慢抬起來也行，但Naphon同學卻慢慢抬起頭、看著那雙蜜色眼眸，然後主動嘴脣微微張開。當滾燙的觸感靠上來時，Sky心甘情願地閉上了眼睛。

他的心再也無法抗拒下去了。

砰！

「唔……」

兩人的雙脣貼在一起，激起了甜美的節奏。雙脣微啟，迎接渴望更多、更重、更激烈的灼熱舌尖。等到Sky意識到時，他已經被推到屁股緊貼著大張餐桌了。大個子男人抱著他，那瓶酒被推到桌上，然後兩隻大手拉過他的腳環在腰際，自己湊了上去，直到緊貼的身體之間沒有任何縫隙。

「啾……啾……」

越來越響的親吻聲混雜著從喉頭輕溢而出的呻吟，然後Sky被抱上了桌緣坐著。

「Sky急著回宿舍嗎？」Phraphai聲音嘶啞地問著。

「生日派對……」

「管他去死！」

男孩只能望著大個子狂野的表情，那雙眼裡充滿了欲望，那讓他主動吻了上去，用顫抖的嗓音低語：

「我可以翹掉早上的課。」

「媽的!!!」

語畢，Phraphai低咒了一聲，抓住男孩的衣服下襬，一次脫去的衣服披掛在椅子上。此時，衣服的主人也把臉湊得更近，獻上甜美的嘴脣，新一次的吻比原本的更加用力，也更加熱烈，沒有人去在乎外溢的口水會弄髒嘴巴的周圍了，只剩下想更加親近的碰觸。

如果不是Sky解開了Phraphai的每一顆釦子，他們大概會一直親吻下去。而那個退開、將衣服扯下來的男人，無異是一頭飢渴的野獸。

「礙事！」

礙事的不是Sky，而是他身上穿著的那條牛仔褲。

男人將那小孩推到桌子上坐好，然後狂暴地扯掉那條牛仔褲，直到它在一邊的腳尖下落成一團，接著他脫掉自己的褲子，毫不在意地甩在一旁，讓尺寸不小的小兄弟見識外頭的世界。

唰！

「別誘惑我！」Sky伸手將它抓住的瞬間，高大的人吼

了出來，將下半身靠了過去，逼迫Sky的雙手將兩根堅硬的肉棒磨蹭在一起，兩人的呻吟聲響起，然後在炎熱的雙脣再次輾壓在一起時，轉變成喉嚨裡的嗯啊聲。

「哈、棒嗎？Phai哥覺得好嗎？」

在響起的濕潤水聲之中，Sky在脣瓣旁低聲問著，濕潤的眼眸裡裝滿了欲望，撩撥起觀看者的情欲，讓他動著臀部越發用力地蹭著柔軟的手，用力吸吮著嘴唇，接著退出來埋在芬芳的頸項。

「幹他媽棒透了！」

Phraphai那樣說著，聽的人手上更大力地擼動，溢出的液體被當作潤滑，幫助彼此更加貼緊磨蹭。Sky嚇了一跳，對方的利齒輕輕咬上了胸前的端點，用力地舔舐，直到呻吟聲再也無法抑制，而他今天也不想像往常一樣地壓抑了。

「潤滑液？」

Phraphai急切地嘟囔著，下體的脹痛似乎讓他不想離開這裡，那讓聽者往桌子上移了點、放開他們握在一起的手，分開雙腿、露出收縮得像是無法再忍耐下去的窄緊甬道。

Sky自己也忍不住了。

「不用。」他一邊說，一邊將三根指頭送進嘴裡，使其塗上口水直到整根浸濕，同時感受到無法移開的閃爍目光。

另一方讓他感覺自己是好看且性感至極的人。

Sky知道自己不是，而且也不可能是，但Phai哥讓他有那種感覺，於是將雙腳分得更開，望向那張深邃的臉，上

頭隱忍的神情令人害怕，然後他將手送往後穴，輕輕刮搔之後，將手指插入其中。不過……。

「過來。」

「啊──！Phai哥、等等……不、不要……哈!!!」

就在那時候，Sky的臀部被抬高，雙腿朝上，眼睛也睜得老大。Sky的手指被抽開了，而灼熱的舌尖上前取而代之，用力地在窄道上舔拭著，顫慄的快感蔓延到了全身，感覺就像要昏倒一樣，但Phai哥的動作並沒有停止，他感覺到舌尖正探了進來，用力地吸吮，直到他的腰幾乎浮在半空，他不敢相信Phai哥居然能為他做到這種程度。

「哈……哥、不、不要……啊！」Sky緊抓著對方的頭髮，任由進入的手指跟舌頭擴張著通道、帶來騷動，他的身體來回扭動著，呼吸像火焰一般地炙熱。

「夠、夠了……不行了……要出來了，啊！」

他只能不知羞地叫了出來。忙著疼愛他的人退了開來，看著他的眼睛。

Sky用雙手扶著對方的臉，接著用嘶啞的嗓音說：

「我想要你、現在就要。」

「要瘋了！」

聽到這話的人瞪大了眼睛，然後隱忍的臉又更加緊繃，雙手緊緊固定住男孩的臀部，將火熱的那處送到入口處來回磨蹭。承受的人滿臉通紅，驚呼了一聲，比什麼都火燙的那物插了進來，緩慢卻喚起了情慾，那男孩只能來回搖著頭，

喘氣的聲音在寬廣的房間中迴盪，在被插到最深處時，身體一陣抽搐。

「我更想保護你，但我忍不住了！」Phraphai在耳邊低吼，然後將硬物幾乎抽出後，又重新推了回去，每一次都令纖細的身子顫抖著、雙手緊緊地摟著他的脖子，同時雙腳也重新環上他的腰間，敞開後穴讓大個子能進得更深。

「呼……再、再重一點，我……哈、哈、不要緊……沒事，啊！」

他聽見Phai哥用好幾種語言發誓的聲音，同時緩緩地埋進他體內的硬挺，深得讓他呼吸困難，只能望著跟他的情緒一樣劇烈晃動的天花板。

他們管不了桌腳發出的喀咔聲了，流淌的汗水浸濕了炙熱的肉體，房裡增添的溫度令人心驚，淫靡的氣味飄散在四處，他們只關心現在懷裡所抱著的人是誰而已。

「Phai哥、爽……哈、我不行了……要不行了……」

「來吧，Sky。不管幾次，我都會讓你自己射出來!!」

這時候，他們的情緒已經像巨浪一樣，將一切都捲進無盡的慾望之中。身體緊靠在一起，嘴巴也一次又一次地交纏在一起，在最後一刻，身體被拋上高潮，幸福近得垂手可得。

「哥，親我、親……唔──」

呻吟聲沒多久後又響起，男孩一驚，釋放出了每一滴的慾望。緊咬著牙的大個子同樣趴倒在溫熱的身體上，將濁物

射進了炙熱的深處，直到溢了出來。

「呵哈、哈……哈！」

連Phraphai都因強烈的高潮而有好一陣子無法挪動身體，喘氣的聲音充滿了整間屋子，讓他們緊緊地擁抱著彼此的身體。

直到將情緒穩定下來，大個子男人才微微抽身，扶著男孩的臉，讓他抬頭對視。

「Sky是屬於我的喔。」

這次，一直以來都試圖逃避的人閉上了眼睛，用臉貼著另一方的額頭，像哽咽一樣地低聲回答。

「好，我是屬於哥的。」

Sky承認他的心認輸了。

「要跟我進去嗎？」

「我誰都不認識，在這等比較好。」

Phraphai的車駛進一處占地廣闊的豪宅，它的面積大到無需擔心派對的音樂聲會打擾到隔壁鄰居。一路上，前座的洋娃娃只是低著頭，雙頰泛紅、眼神迷茫，同樣的，駕駛的心情也處在這種狀態，直到在數十台先到的豪車後方停妥，Phraphai這才開口邀約。

當然是被拒絕了。

男人很高興事情變成這樣，他也不想讓別人看見他家小孩現在的表情。

「那我等等就回來，一下下。」說話的人低下身、往臉頰大力親吻。

「給我十分鐘。不，五分鐘就夠了，等下我們一起回你宿舍。」Phraphai說得很急，伸手抓過那袋稱得上是奇蹟的酒 —— 它竟沒有在他們炙熱的慾望下被摔破 —— 很快下了車、直奔進建築物裡，一副急著想向壽星打過招呼，然後趕緊回去抱著說可以早上翹課的人睡覺的樣子。

「差點心臟病發。」

一離開Sky的視線，男人就筋疲力盡地將後背靠到牆上、摸了好幾次臉頰，腦海中仍然想起那小孩的可愛模樣。

要不是壽星那個混蛋又打了一次電話來催，他才不要來這種有事的派對露臉咧！

「Phai哥！各位，Phai哥來了！」

不過Phraphai沒有時間再想得更多，當有人認出他，並對屋內的人吆喝之後，便有無數隻手將他拉進派對之中。看每個人醉茫茫的樣子也不必猜他們喝多少了，只好開口詢問壽星在哪。

「Off哥在哪裡？」

「在裡面。快點進來，哥不來、活動都不好玩了。」

對啦，每次都約他來替活動助興，但老子現在只想跟車裡的那個人「助性」啊！

Phraphai能預見，他無法在五分鐘內回去了。

只剩一個人時，Sky用手遮住紅透的臉，才意識到自己不經意將心給了風流的男人——被吻的當下，他的心臟顫抖到快要爆炸，從高二之後，這種事情就沒有再發生過了。但那一次還可說是首次跟一個人如此親密的緣故，這次卻完全不同——第一次跟Phraphai上床的時候，他只覺得厭惡，而且認定對方是對他人無心的爛男人。

　　有誰會說「想要被帶離會場就要願意陪睡」啦！不過，時至今日，Sky卻喜歡上那個爛男人了。

　　「瘋了吧！我到底都幹了些什麼？」

　　他願意發生關係是為了早點將Phai哥趕走，可他卻大意了。

　　Sky不知道自己這樣坐了多久，如果不是想上廁所的話，他或許會一直沉浸在自己的思緒之中。他抬頭看向時鐘，發現車主已經消失快二十分鐘了，不過，他也有預想到，來生日派對是沒什麼快去快回的。

　　「房子也太大了吧！到底是多有錢呀？」男孩抬頭望著大房子，環顧四周，發現了就連車展都可能找不到的豪華轎車。接著，他決定下車。

　　「不好意思，請問廁所在哪？」

　　他循著音樂聲走進屋內、掃視四周，放眼望去盡是精心打扮又醉醺醺的年輕男女，甚至在好幾個角落有人開始擁吻了。他想尋找一個還能交談的人，得知目的地就趕緊去方便，再回車上繼續等。

一來到這種派對，就讓他想起那些想忘卻的往事。

「Phai哥！Phai哥～～Phai哥怎麼可以這樣對人家？」

但在他那麼做之前，就聽見一個不得不回頭看的名字，然後只能抿住嘴。

Phraphai被一個身材姣好的漂亮女生拽住，若不是因為大個子也抱著那個女生的話，男孩幾乎是連忙要轉身離開了。他僵直在原地，明明知道自己應該回去車上，但他決定走近牆壁，趁著昏暗的燈光、目不轉晴地看著那對男女。

「Phai哥，人家好想你，超想你的。哥不是說喜歡人家嗎？那為什麼可以讓人家這麼寂寞？」

Sky身在昏暗角落，而那兩個人卻是在明亮處，足以看見女生摟著大個子的脖子、身體緊緊地貼了過去，而Phraphai也沒有推開她，帥氣的臉上甚至笑得很開心。

「好好好，喜歡啦。」

「最喜歡嗎？」

「最喜歡。」

「嘻嘻，這個男人最可愛了！」

Sky聽不下去了，他逕自走出派對，雙手緊緊絞在一起，但……。

「為什麼Phayu哥不來呀？」

「想吃了人家？聽說哥他現在有交往對象了。Phai哥吧！帥又風流，而且床上技巧一流喔！」

男孩轉過去看著那對從他面前經過的人。

「你有得手過喔？」

「Phai哥不挑啊！只要你沒有死會，他通通都收。不過看樣子，你今晚要餓了。你看那邊，有人已經搶先你一步。」

「我去要求參一腳的話，他會有意見嗎？」

「要試試看，但聽說有人成功過喔。」

Sky聽不了更多了。他趕緊走回車上、碰地一聲關上車門，雙手緊緊捂著自己的臉，但心情已和下車找廁所前截然不同，現在像是有成千上萬支刀子戳進他的心臟。他怎麼會不小心相信Phai哥嘴上說的喜歡是真的？

對每個願意跟他上床的人，這種男人都會說喜歡！

他的「喜歡」只會給一個人，但Phai哥的「喜歡」卻是給每一個人。

「死Sky，你為什麼會蠢了又蠢？為什麼啊？」

男孩的臉幾乎要趴到膝蓋上，雙肩顫抖，發出輕輕的嗚咽。

為什麼會不小心蠢成這樣！

第 十 七 章

我 們 結 束 吧

Phraphai是脾氣好，但不表示他不會不爽。

看看時鐘、發現他進來超過十五分鐘後，男人想也不想就打算走人。跟壽星道別不難，更難的是離開的路程。在脫身之前，一個漂亮的女孩從遠處嬌嗔地走過來，摟著他的脖子，將臉貼在他的胸口。他差點要翻白眼了。

他今天沒有興致，而且覺得無論哪天都不會有興致。

「Phai哥～～Phai哥掛人家電話。」

妳誰？

若要問他，他還想不起來這張臉、想不起來曾在哪見過這個女人。

他望著依偎在身上的那頭金髮這樣想著，腦子也努力在回想曾幾何時把對方拎去一夜狂歡過。不過，他腦海中的畫面竟然只有赤裸的人躺在深色木桌上，那個人一臉潮紅、眼裡帶笑，用令人悸動的顫音回答說，Sky願意屬於他了。

吼！我想回車上！

「是是是，我掛你電話。可以放開我了吧？」Phraphai無意收起臉上不悅的神情。他推了推對方的肩膀，但女孩仍

抓得老緊、仰起泛紅的臉望著他，不過男人想到的，卻是另一個人通紅的臉。

還滿漂亮的，身材也OK，可是他比較喜歡二十八腰、有緊實屁股的那個人。

坦白說，他面前的女人不只是OK而已──嬌小可愛，腰也纖細，不過胸前可沒有跟著小，那張漂亮的臉蛋也被金髮襯托得更加顯眼，再加上對方正用媽媽生給她的長處在他的身上磨蹭，這本該輕易地能讓Phraphai想將人帶進房，但不該是他半小時前才體驗到極致高潮的現在。此外，他的心裡全被那個可愛的小孩占據了，就算他心裡的空間很大，可在加上繪圖桌、硬紙板、文具跟模型等工具後，Phraphai覺得心已經被塞滿了。

所以他哪有看別人的時間？想回去抱老婆了！

他隱約記起這女人應該是前陣子被他掛電話的那個。

「不放！Phai可人好壞，不是說要打給我嗎？」

「我也說過，我有正宮了。你去找別人吧。」

「Phai哥！」

男人的個子高大，皮膚又黝黑，被後輩們說外表令人生畏，是他的友善跟好脾氣才讓人容易親近，不過一板起臉、瞪著眼睛，大家就會逃得遠遠。但這個女人醉了，所以仍掛在他身上不放手！

「妳快放開，我不想欺負女生。」

「不放！就說了不放、不放、不放──！」面前的女人

不只緊緊抱住他，還跳上來用雙腳勾住他的腰，幸好他及時穩住才沒有跌倒。Phraphai沉重地嘆了口氣，努力想解開纏人的手。或許這就是他常常抱著Sky不放手的現世報，這次同樣有人緊抱著他不放，而且還他媽的爛醉。

「放手呐～～算哥求妳。」低沉的嗓音語調轉為柔軟，既然來硬的不行，那就改用軟的。

當他口氣一軟，女孩這才願意放下環在腰上的腳，可是醉意讓她站不穩，臉還埋到他的胸前，害他不得不扶住對方的腰身。

把人抱去丟在某張沙發上如何？

「Phai哥，你真的有正宮了喔？」

「對，有正宮了，所以妳去找別人吧。」

「漂不漂亮？」醉鬼咬著脣仰頭，拉長音問。

「漂亮，也很可愛。」一想起那個臉紅就喜歡咬脣的人，嘴角就不經意上揚。

「比人家漂亮很多嗎？沒人會比人家可愛啦！」但那個女人繼續胡攪蠻纏。於是，Phraphai用更清晰的聲音強調：

「正宮更漂亮、更可愛，妹妹妳比不上。」剛好不記得名字，那就用「妹妹」代替好了。

「Phai哥！Phai哥～ Phai哥怎麼可以這樣對人家？」

這時候，醉鬼瞪著眼，胡攪蠻纏外還要起了性子，又抱又貼的。讓Phraphai越來越火大，他現在只想回車上，Sky應該等到很無聊了。

好啦，要我講什麼，都說給妳聽，但拜託放開我。

「Phai 哥，人家好想你，超想你的。哥不是說喜歡人家嗎？那為什麼可以讓人家這麼寂寞？」

死 Phai，你每次不都張口就說？為什麼今天嘴皮子那麼硬？

他不是不能說出讓女人滿意的話，可他不想說，想把這個權利保留給自己心上的那個小孩。他想起那個全身脫力、在餐桌上抱著他的人 —— 他敢說，那張餐桌就算之後桌腳壞了、漆也掉了，他都會收好貢著 —— 想到這裡，嘴角又上揚了幾度。

「好好好，喜歡。」

好想再說一次給 Sky 聽，讓他臉紅。

「最喜歡嗎？」

「最喜歡。」

我超喜歡 Sky 的，知道嗎？沒有這麼喜歡一個人過。

「嘻嘻，這男人最可愛了！」

嘴上跟醉鬼聊著，但心已經飄到車上那人的身上，他不在乎女孩是用手摸他的臉，還是跳到他身上，因為她和 Sky 的重要性完全不能比。當他想著車裡的人，看看時鐘發現自己已經消失半個小時了之後，男人所做的事情是 —— 把人抱了起來！

「嘻嘻，Phai 哥～你好急喔！」

砰！

「喂！Phai哥！」然後一點都不仁慈地將人丟上某一張沙發，不理會醉到爬不起來的人的抗議。男人轉身、快步往另一個人等待的方向走去。不過，若沒有人跟他打招呼，那就不是Phraphai了，一路上總有人出聲喊他。

「Phai哥要回去囉？」

「要走了，你們好好玩啦！」

「Phai哥，你好。」

「你好，我要回去了。」Phraphai嘴上敷衍著，跟每個人都只擦身而過，一刻不停往自己的車走去。

直到上車才吐了一口大氣，轉頭去看旁邊的人。

「Sky，睡著了嗎？」他去太久了，讓那小孩的頭貼著窗戶，像是睡著了一樣。他把手放到軟髮上、愛憐地輕撫，但原以為睡著的人卻移了一下身體，出聲回答他。

「嗯，我想回去了。」

剛才那個女人耍性子很煩，不過這個人耍起性子卻很可愛。

「那你先睡一下，到了我再叫你。」Phraphai又摸了那頭軟髮幾下。心裡其實更想把人拉來吻，但還是先忍住了，不想去打擾非常疲憊的人──上了一整週的課，今天跟他又是購物又是吃飯的，尤其是來這之前的那場體力活，也是既出力又流汗，所以應該要讓Sky好好休息──他一想到這裡，就切換排檔，將車開出這棟大別墅，心情極佳地哼著歌，沒意識到發生了什麼事情。

如果 Phraphai 自私地將 Sky 拉過來看一下，他就會知道，男孩的眼神有多麼痛苦。

　　望著 Phraphai 離去的背影，Petch 跟著走到屋前，接著拿起話機打給好友。

　　「欸 Gun，我見到了你家寶貝耶。」

　　〔哪個寶貝都隨便啦。〕

　　「他是跟 Phai 哥一起來的！」

　　電話那頭的興致聽起來高了一些，讓這端的人笑了出來，他的目光回想起幾年前的事情，然後忍不住舔了嘴。

　　「那個啊，叫什麼呀、Gai 什麼的。」

　　〔Sky。〕

　　「對對對，就是那個你借我們玩的寶貝，他跟 Phai 哥一起來這場派對耶！」Petch 清楚記得朋友的這個寶貝，尤其是對方哭喊著要他們停手的時候，但笨蛋才會停手，都做到那種程度了。說到這，就想要再來一次。真可惜這次那個人是跟 Phai 哥一起來。

　　〔很好，我也正在找那個小子。〕

　　Gun 用滿意的語氣說。

　　看起來好友也一樣記在心裡。

　　「好奇怪。」

　　真的太奇怪了。

午休時間，吃完午餐的 Phraphai 先生正若有所思地盯著手機螢幕，手指滑著一個星期多前的舊對話紀錄，接著發現每天幾乎都是一樣的，要嘛是……

今天我跟朋友做作品。

就是……

我在系上開會。

再不然是……

我跟學姊有約。

最後是……

我沒空。

起初以為 Sky 是像前幾次一樣在掩飾害羞的情緒，尤其是最後開口承認屬於他的事情，所以就先放 Sky 有時間去冷靜一下。不過，樣子看起來不太尋常了，是他想太多，還是說他老婆正在……躲他！

跟剛開始追求時的「躲他」不一樣！那時，嘴上說要躲他，但人並沒有消失，去宿舍找人還見得到，但現在卻不是了。已經一周了，他這個厚臉皮不顧 Sky 的阻止、跑去宿舍堵他，但他的眼線 Joy 姐卻報告說好幾天沒看到 Sky 了。一上樓到 Sky 的房間，不管是趴在門板上聽，還是敲門喊人，都沒有任何回音。想要開門進去，又怕自己被抓到偷打鑰匙後，不知道會怎樣，所以只好先撤退回家。

這星期以來，他也去系館等過了，靠著裝熟的能力還認識了幾位 Sky 的同學跟學長姊，但仍舊沒有見到人 ── 問

那位說Sky早就回去、問這個人說在跟教授講話，就連打電話給Rain，那傢伙也只說……我也不知道。

打電話給他不接，最後那句「我沒空」的訊息也是兩天前除傳的，就連他帶去掛在門口的食物也一直放在那裡，等到他下次再去的時候都餿了。

是Sky太會躲，還是所有人合力在綁架他老婆呢？

「是我做錯了什麼嗎？」

沒有啊，不管他坐著想、躺著想還是倚著想，都沒發現有什麼事情會讓Sky生氣啊。這幾個月來，他比之前乖多了，就連他的親生父母都說，他終於染上乖乖病、遠離那群人了。

「Phai哥做錯什麼了嗎？」

Phraphai轉頭看著給了他一個可愛笑容的Chophikul，然後搖搖頭。

「這不關Kul的事，不是嗎？」男人不留情地打斷對話，臉上不笑，也不在乎另一方垮下來的臉，只瞥了一眼動也不動的手機，曾經好到極點的心情已跌落到地上，腦海中只想著，他該如何抓住那個逃走的小孩。

被他抓到的話，老子一定要問個清楚。走著瞧！

「Phai哥，你的表情太可怕了。」

「我的表情是有礙到妳嗎？」

Phraiphan觀察到大哥的改變已經好幾個月了，雖然外

表看起來還是一樣的高大黝黑、愛笑、脾氣好，還喜歡逗身邊的人笑，但身為妹妹的她卻知道內在有些不一樣了，至少浪蕩的大哥不浪了，乖乖回家，還跟母親討論美食佳餚之事，每次一知道有哪間店很美味，就拿起電話訂餐。

那個分不出空心菜跟水合歡的Phai哥居然會關心飲食之事！

幾經盤問後才坦白說，是因為要外送給正在追求的人，看起來十分認真。

這個男人不曾為了哪個人付出這麼多過！

於是，女孩只能自己愁眉苦臉。聽說Phleng哥有想認真的人了，現在Phai哥也是，只剩她一個人還在飄泊，但隨便啦！只要看到哥哥們幸福，她也就開心了。不過，過去一周以來，大哥的臉是越來越沉，眼睛幾乎都要噴火了。

每到假日，中午就會出門的人，這周卻從早上八點就頂著一張苦瓜臉，搞得家裡的幫傭沒人敢走過客廳。

「沒有，只是看了很累。發生什麼事了？」說完，她就挪到沙發靠背坐下。Phai哥不爽的視線掃了她一下，然後又回去看著門口。

「有人會來喔？」

「Phan，閒事少管。」

「這不叫管閒事，但我想八卦。」

要是以前的Phai哥應該就會笑，但他今天卻很沉默，眼睛兇狠、嘴巴抿成一直線，讓她只能嘆口氣、知道大概是

逗不好了。

「跟Sky哥吵架嗎？」

「……」

這麼沉默，那絕對是命中了。

最近的Phai哥常常脫口就是Sky這樣、Sky那樣，所以不只她知道，大概連魚缸裡的魚都認識Sky這個人吧。

「沒有吵架，只是沒見面。」

「他唸的是建築系，對不對？我聽說這個系的功課重得要死。有聽過『愛上唸建築的人要忍耐』吧？哥就忍一下囉，要追這個系的人，就得理解他們時間不夠。」Phraiphan自己的目標裡也有個建築系的漂亮學姐，但僅僅是見識對方的生活作息後，她就放棄了——她醒來的時候，對方還在睡。當她睡了，對方醒著。她再次醒來時……那個人還沒有去睡。

這樣是要用什麼時間追？

但Phraphai用惱怒的眼神看著她。

「難道連出來開門、拿我掛在門上的食物的時間都沒有嗎!?」

Phan舉手投降，表示自己不吵了。也不是吵不了，只是大哥的臉色似乎是要把她吃了，而不是說笑而已。

Phai哥不太生氣，但是氣起來就很可怕。

「我不跟妳聊了……買到了嗎？」當下，Phai哥也不管她了，站起身就大步走向門口，望著氣喘吁吁的幫傭跑進

來，將便利超商的袋子及找零交給他。

「買、買到了。這個。然後這是找的錢。」

「大姐收著吧。」語畢，大個子男人就快步上樓、消失在房間裡。

「嗯哼！小費五百。是在趕什麼趕……大姐還好嗎？Phai哥要妳去買什麼啊？」家中的小女兒轉向幾乎要癱在地上的幫傭。

「是手機預付卡唷，小Phan。他說要盡最快速度買到，我就用四百接力的速度跑去大街上。下令時的眼神有夠嚇人的，害我都不敢用走的。我寒毛都豎起來了。」Phan點點頭表示知道，看向往二樓的方向，然後小聲地喃喃。

「真同情Sky哥，居然得應付這種情緒的Phai哥，但應該還受得了吧？」

真是不簡單，居然能讓好心的大夜叉變成壞脾氣夜叉。

Phraphai又等了三天。整整三天裡，傳訊息不讀，打電話不接，去系上也找不到人，去宿舍又說還沒看到人，所以他動用了曾經的那個方法——用新的SIM卡打過去。

之前Sky不接電話的時候，他不會多想什麼，但現在，光聽著等待接聽的嘟嘟聲就覺得好漫長，著急得快瘋了，雙手也滿是手汗，期待著何時能聽見想念的聲音。

〔你好。〕

「……」

事情卻變成，他一聽到聲音就咬牙切齒、緊緊地握住拳頭，怒氣與委屈的情緒同時高漲。

　　別人的號碼可以接，但我的電話就接不得是嗎？

　　〔哈囉？請問有聽到嗎？〕

　　第一次打給Sky的時候，他也這樣說。那時的他笑了，但現在卻笑不出來！

　　「不是我就接了？」

　　〔……Phai哥。〕

　　「還記得你老公的聲音？」

　　Phraphai知道自己在找碴，但他真的忍不住。當他既擔心又多慮，緊張著對方是否又生病的時候，光聽聲音就知道他家的小孩好得很！人家只是在躲他、不想見面而已，原因還不是害羞。於是，不知道自己做錯什麼的人更大聲地說：

　　「如果我不拿其他號碼打，你大概就不會接了吧？」

　　現在已經沒有陪他玩的心情了！

　　這下子，Sky沉默了。電話這端的人試圖叫自己冷靜，或許有他想不到的原因，可能像Phan說的那樣，功課太忙了，於是Phraphai的口氣也軟了下來，只是還帶了點委屈。

　　「Sky消失去哪了？我很擔心你。」

　　〔我……〕

　　又輕又顫抖的嗓音像是要哭了一樣，不過真的稍縱即逝到Phraphai以為自己聽錯，再加上Sky用冷漠的語氣說了接下來的話：

〔我要去哪或做什麼，都是我的事吧！〕

「為什麼這樣說？」

電話這端的人皺眉，瞇起的眼睛隱藏著危險的信號。

〔我都做到這樣了，哥還不清楚嗎？〕

「那告訴我，你要做什麼？」

那一端沉默了許久，然後譏諷道：

〔我厭倦你了啊。〕

「Sky，你在玩什麼？我沒有心情開玩笑，你消失兩個星期了，我去宿舍沒遇到人，到你系上人也不在，然後還說這種話。就算是我，也是有忍耐極限的。」Phraphai的語氣強硬。如果對方來到他面前，他就不管會被怎麼想、怎麼看了，先抓來打屁股、給個教訓！

電話那端的人卻笑了。

〔Phai哥，即便你多有自信，也沒想過這輩子會有人跟你說這樣的話吧？不是只有你會厭倦別人，我也一樣會厭倦，既然你都那麼迷戀我，我也就對你失去興趣了……征服花心的男人也滿有趣的。〕

另一方的語氣十分冷淡、沒有一絲眷戀，讓聽者差點暈倒。

「你到底在講什麼？」

他明知故問。他自己以前也曾做過這種事 —— 殺時間的餘興節目 —— 但心卻不肯相信。

〔我不覺得哥有那麼笨，你心知肚明我指的是什麼，

我都躲你躲成這樣了，哥也該知道我怎麼想了。你知道嗎？你整天買東西來給我，我每次都努力在憋笑——誰會想要食物啊！要買也買點別的吧！——我也不想扮演可憐的小孩了，所以別再打給我了，我覺得你很煩……〕

「我不相信Sky是這樣的人。Sky是要說，我們之間發生的一切都是你在演戲給我看、讓我相信你嗎？到底在發什麼瘋？是誰要你這樣跟我說話的!!!」Phraphai半點脾氣好的樣子都不剩了，眼冒兇光、面色嚴肅，聲音也越來越大聲。

但他卻聽見了笑聲。

「Sky，我不笨。我知道誰說真話、誰說假話……」

〔那哥就跟自己想的一樣笨。〕

喀！

正要吼出口的人突然安靜到令人害怕，握著話筒的手也差點將它捏斷。

〔不然就是我比哥聰明。〕

「Sky……」Phraphai用像是要窒息的聲音喊著。

他的腦子明白發生了什麼事情，可心卻不願意接受。所有害羞的模樣都只是演技？他看見Sky那些下意識的舉動都是因為知道他在看？偷抱他、抱著他的衣服、對他笑，一切發生在他們之間的事情都只是他自己想太多嗎？

然後，Sky吐出的話切開了Phraphai的心。

〔我們結束吧。〕

Sky可能以為他還不夠痛，於是無情地繼續往下說：

〔即使我跟哥從來沒有開始過。〕

「……」

那一方掛斷了電話，但Phraphai仍拿著話筒、僵在原地。深邃的眼睛閃爍著，但不是憤怒，而是覆蓋著眼珠的清澈水滴。痛苦投射在臉上，那句「我們結束吧」在腦海中迴盪。

他對Sky不只是喜歡而已，而是……愛。

砰！

「幹!!!」

手裡的電話被重重地砸到牆壁上，螢幕出現了大片的裂痕，但手機的主人並不在意。Phraphai癱在地上，雙手抱住自己的頭、閉上了眼睛，但他只看見一個畫面──有笑靨、有笑聲、有喜歡憨笑的人，還有那個人用悸動的眼神看著他。

『好，我是屬於哥的。』

「Sky騙我，所有的事都是假的！」

隨便啦，就只是個男孩，隨時都可以找個新的。

另一個聲音在心裡響起。

「閉嘴！我誰也不要，我只要這個小孩！」

那個面色沉靜卻比誰都脆弱、比誰都怕寂寞，也比別人認知的更愛撒嬌的男孩。

「不，我不相信！」

Phraphai重新睜開眼睛，露出發紅的眼睛。

是，他應該要停止想念、停止關心，在被那樣說之後，還去關心幹嘛？他也是有自尊的。但另一邊的心卻說，都厚著臉皮好幾個月了，不過是被那小孩說要斷絕關係，這樣就要退縮了嗎？就算Sky是在演戲，但又怎麼樣？他只需要讓這齣戲變成真的就可以了。

　　Phraphai這種人想要什麼就得拿到手，尤其是跟心有關的事情……。

　　「不過是凡事不擇手段。」

　　對，這是他的座右銘。

　　Sky要分就分，但他還沒完！

第十八章

情 書

「你還行不行啊？」

「你覺得咧？」

「我覺得你要哭了，但又哭不出來。」

Sky盯著手中的電話好幾分鐘，好像他如果不盯著，他與另外那個男人最後的牽絆就會完全斷裂，在聽見好友擔憂的語氣時才願意死心。這是讓他住了一個多星期的好友——Six。

別說只有Six認為他會哭，他也覺得自己會哭，只是沒有眼淚。

不過，沒有哭並不代表心就不會痛。

懷中脆弱的那團肉疼痛得像是被一隻無形的手擠壓蹂躪到粉碎，但他卻只能勉強地對好友笑了笑。

「沒事啦，反正都是要結束的，只是讓它結束得快一點。」Sky違背心意地說。

「還有非常謝謝你的幫忙。」

從生日派對回來的那天，Sky藉口自己累了，讓Phai哥先回家。上樓回到房間之後，他癱倒在床上，不哭也沒有眼淚，但心痛到睡不著覺，不管閉上幾次眼睛，看到的全是那個男人抱的不是他、是別人的畫面，然後想到對方離開的未

來，還會說……厭倦他了。

　　光是想像，Sky就害怕有那麼一天，他甚至怕到不敢待在自己的房間。

　　沒辦法請Rain這個好朋友幫助，因為兩方他都認識。Sky或許認識了不少人，但在這種時候，還真的不知道可以依靠誰。觀察到這件事的人是他們的帥哥班代──Six問他怎麼了，Sky則雞同鴨講地回答：可以讓我借住你那嗎？

　　Sky起初是打算住個幾天就回去的，可一想到得跟Phai面對面，他就不敢也不想回去，恐懼在內心擴大，只好先跟好友借各種東西來用，而Six也沒有多問什麼。

　　Phai哥來系上堵他的那天，他知道，也有看到，並且得到這個朋友的幫助，這才讓他說溜了嘴。

　　『我不想見到他。』

　　Six一個字也沒問。即使他平日很喜歡拿Phayu學長的事情鬧Rain，但這次他什麼也沒問，只是盡可能地幫忙──到現在，都還沒人知道Sky沒有回宿舍，而是來跟這個朋友住，去學校也一起、回去也一樣──還好他們都是系學會的成員，所以沒有人注意到異樣。

　　另一方面，Six的宿舍比Sky的大了一倍，Sky的只是一個大套房，但好友的宿舍是有隔間的，除了廚房及客廳以外，還有個獨立的臥室，所以他可以毫無顧慮地借住、睡在沙發上。

　　儘管朋友沒有趕他，但Sky還是有些不好意思，而且也

到了他可以搬離的時間了。

這兩周來，男孩是認真想換個地方住，也花了不少時間去搜尋新的宿舍。雖然現在已經接近第一個學期末，不過因為那裡比原本住的宿舍還遠很多，所以仍有空房，而他昨天才去跟屋主談了押金的事情。

他同樣也沒想到，他一直閃避的那個人今天會用同一招——用別的號碼打來。

從那天起，Sky就不知道在腦中覆誦那些話幾百次、幾千次了，覆誦到能在心裡記牢、練習讓自己能夠堅定且不忘忐，可在聽到Phai哥聲音的瞬間，他還是全身顫抖，抖到Six必須坐在他旁邊、摸著背安撫他，他才能一次將所有的話講完。

Sky從來就不想結束，反而是剛要開始而已。

他意識到自己喜歡上Phai哥，也意識到自己心軟了，而也是同一天，現實就擺到他的面前——Phai哥不可能有對他認真的一天，也不可能把他放在第一位。這男人曾經跟許多人睡過、發生關係，現在應該也還是一樣。

Phai哥說，自從跟他睡過之後，只睡了別人三次，而且在他們再次相遇之後，就再也沒有過了。但是，花心男的話可以相信嗎？Phai哥可以找到更多比他還好的人。那女生很漂亮，經過身邊的男生也長得好看，然後Sky有什麼呢？他什麼都沒有，要說有，也只有被混蛋前男友用各種花樣玩弄到有身體記憶的床笫技巧罷了。

如果有天Phai哥像那個混蛋一樣說厭倦他了，那他的理智還會像現在這樣存在嗎？

　　他應該要在心還沒傷痕累累之前說結束，這樣好過被送給其他人玩弄踩躪。

　　「喂！我還是不懂，你這麼痛苦，還有那什麼Phai哥看起來也很愛你，那你這樣做幹嘛？」Six問。他的答案是……恐懼。

　　「他沒有愛上我，我只是……比較奇特。」說話的人強顏歡笑。又一次他想哭卻沒有眼淚，只能對好友擠出一個怎麼看都模糊不清的笑容。

　　「謝謝你。請讓我再借住一晚，我明天付過房租就會搬出去。」

　　「住久一點也沒關係，我不介意。」

　　「怎麼可以？這樣你都不能帶人回來。」Sky說著，像是看透了什麼。聞言的人笑著用力地拍拍他的肩膀。

　　「換我去那邊睡也可以，你不用擔心。」

　　「謝了。」

　　「朋友有麻煩，怎麼可以不幫？如果想謝我的話，你就幫幫我Weichai教授那門課吧！每次交作品，你的分數都不錯。我呢，最近一次甚至被問『你來唸建築系幹嘛？』，害我愣了有快一分鐘，才回答說『報告教授，是媽媽要我來唸的。』他的臉都綠了。」Six說到這件事就大嘆一口氣，走投無路地抓著頭。Sky那時候也在場，還以為是Six太「正

直」，想到什麼就說什麼，最後被教授反駁了一句「那換你媽來幫你唸」結束整段對話。

「就要抓對教授的調性，你去試著觀察他喜歡的風格。我一開始也不清楚。」

「算了，說到這件事就頭痛。那你什麼時候要去宿舍拿東西？」聽者這下子沉默了好一會兒。

「大概⋯⋯今天晚上。」

他不敢期待，在那些羞辱的話之後，Phai 哥還會來找他。但如果來了，他不想面對、不想看見厭惡的眼神，也不想知道對方在被玩弄情感之後，會怎麼看待他這個混帳小孩。又或者對方沒有什麼感覺，只是覺得丟臉。最好的方法是天黑之後再回去，這樣就算 Phai 哥有來堵他，也該離開了。此外，Sky 自己也不能不回宿舍了。

不只是因為還有些作業擱置在筆電裡，以及數本要還給圖書館的參考書籍，還有⋯⋯那張紙。

Sky 想丟掉它的同時，又想要當作回憶保存起來。

這幾個月以來，雖然 Sky 努力在閃、在趕人，但他知道自己很開心，至少，比以前開心。

「我覺得你哭出來會比較好一點。」

Sky 臉上痛苦的神情讓 Six 不禁嘆氣。

我能哭的話就好了，也許可以釋放出一些現在的痛苦，但我已經很久沒哭了⋯⋯從那一晚之後。

他害怕必須要再次回到和那個時候一樣的痛苦之中。

雖然Six自願開車送Sky回宿舍，但他拒絕了，不想麻煩朋友，也不想讓他看見自己帶著另一個男人的回憶回到房裡有多痛苦。Phai哥很常來這個房間，比他爸或者Rain這樣的好友都常來，來得比任何人都多，無論哪個角落都充滿了這個男人的身影。

　　「所以我才需要趕快結束。」

　　如果再久下去，Phai哥變成那個厭棄他的人，Sky大概會可憐兮兮地去苦求對方不要拋棄他，就像前一次那樣，而他不想再次回到原本的那個模樣了。

　　在這種辦公室已經熄燈的深夜時分裡，不需要先跟誰打過招呼，於是Sky直接開門上樓。他在這裡的租約還有好幾個月，不需要現在就說不續租的事情，而且到時候，Phai哥應該也停止來打擾他了。走到308號房門口時，他的雙腳已經重得像掛了石頭一樣，連拿鑰匙出來開門的力氣都沒有。

　　你到底在恐懼什麼？Phai哥本來就無法進你的房間，還有你也兩隻眼睛親眼看見Phai哥仍在和別人嬉鬧，他不會來找你的！你這麼無聊的人，他是不可能真的喜歡你的。

　　這個想法讓他深吸了一口氣之後，開了鎖。

　　敞開的房門顯示出裡面只有黑漆漆的一片寂靜。Sky打開開關，讓明亮的燈光照射在整個房裡。他拖著兩隻腳走向放著一些東西的工作桌。

從生日派對回來的那晚，在躺下卻睡不著之前，Sky所做的事情不是哭泣，而是在紙上宣洩，直到紙上填滿鉛筆的痕跡。比起用清澈的淚水宣洩傷心的哭泣，這麼做要糟糕多了，這像是在譴責自己跟那個他希望早點厭倦他的男人有多少牽絆。不過⋯⋯。

　　「在哪裡啊？我記得放在這啊。」

　　「在找這個嗎？」

　　喀！

　　那瞬間，心臟差點停止跳動，眼睛像見鬼一樣瞪得老大，絲毫不敢看後方。

　　「這是不是Sky表演的一部分呢？」

　　不要！拜託！不要看！希望Phai哥沒看到！

　　男孩緩慢地轉過頭，像是不想要面對現實一樣，但他也看到了──Phai哥手上那張A4大小的模型紙卡。

　　但比那張紙更顯眼的是，常常掛著笑容的人臉上淡定的表情。

　　Sky立刻看著房門敞開的方向，但⋯⋯。

　　砰！

　　「我不會讓Sky逃掉的。」Phraphai關上門、阻斷了他逃走的路線。男孩僵直地站著，臉色蒼白到幾乎沒有血色，看著大個子將那張紙翻來翻去，然後大聲地唸出來：

　　「喜歡烤肉⋯⋯父母很愛惜身體⋯⋯有弟妹二人⋯⋯叔叔⋯⋯喜歡賽車⋯⋯是個變態⋯⋯脾氣好⋯⋯像瘋子

一樣愛笑……喜歡鬧人……」前面只是一些Sky知道有關Phraphai的基本資訊，然後開始一點一點地放入自己的情緒。

「喜歡奶的變態……悶到令人討厭……自戀狂，很帥是嗎？……狡猾，看穿一切……」

Sky比唸的人更清楚再往下唸會有什麼，但他只能低頭看著腳趾、緊咬自己的嘴脣，忍住每一句藉口跟坦白。雖然眼前的畫面正變得模糊，但那不是眼淚，而是他緊張到快要昏倒了，還有內心鬱悶到呼吸困難。

「雖然很欠揍，但常常能讓別人跟著笑……雖然自戀，但有優點可以自戀……雖然是任性的人，但心地很好……再累都會來找我、讓我開心……要用什麼藉口才能約他出去呢……Phai哥太常帶食物來了，想讓他吃點喜歡的……該怎麼做才能讓Phai哥覺得相處很有趣？……怎麼做才能讓Phai哥不要厭倦……」Sky喘不過氣，全身上下都在顫抖。

然後，Phai哥正要唸到他那晚寫下的東西。

「哥可以不要有別人嗎？只要有我一個人就好。我或許很無聊、不漂亮也不可愛，但不要厭倦我。除了我以外，不要跟別人說『喜歡』。除了我以外，不要有別人。不要拋下我。只對我一個人好、只照顧我一個、只幫我一個人買飯。我或許沒什麼優點，但我會努力，哥要我做什麼都可以，只求你別喜歡別人，求你……」他只看見Phai哥的腳走過來、停在他的面前，然後唸出那句讓Sky搗著耳朵、癱坐在地上

的話：

「……Phai哥，喜歡我、愛我吧！」

「唔！嗚、啊啊啊啊！」

Sky發出了像是哭泣的叫聲，但沒有眼淚，只有聲音可以訴說 —— 當隱藏的真相被另一方發現時，他有多麼的痛苦及折磨。

他不只是喜歡而已，而是他……已經愛上Phai哥了。

「這就是那個說征服像我這樣的花心男人也滿有趣的人嗎？Sky所寫的全部都是演戲，對嗎？Sky早就知道我有這間房間的鑰匙，所以才放在那邊讓我看到的吧？」

不是的，不是！我沒有偽裝！那上面的一切都是我真實的感受……真的愛你。

男孩的眼睛睜大、感覺像要吐了一樣，雙手也移過來緊緊抱著胸口，汗流浹背卻冷得窒息，只能發出短促的呻吟。聽見大個子男人跪坐在他面前，然後將那張紙放到視線之中，用指尖輕輕地敲了敲。

「難道這張紙上都只有謊話而已？」

「唔、嗚！」

Sky咬著嘴脣，直到感覺到疼痛及血味。忍著不讓自己搖頭，但也沒有點頭的力氣。

「看著我的臉。」他不該照Phai哥所說的做，不過還是慢慢仰起頭，用帶著痛楚的眼睛直直地看向那個表情依舊淡定的男人。

用溫暖的手掌扶著他臉頰的那個人，用不同於平靜聲音及淡定表情的溫柔指尖撫摸著他的眉心。

　　「我們之間就只有偽裝嗎？」

　　「……」Sky說不出話來，他選擇閉上眼睛、逃避現實。

　　「不要閉眼睛！看著我！」

　　驚！

　　男孩嚇了一跳，睜開眼迎上那雙好看的褐色眼眸，害怕會在裡頭看見冷漠，卻在眼神中看見……寵愛。

　　眼睛的主人湊上來、抵住他的額頭。Sky也再次嚇到了。

　　「那不公平，如果讓Sky先說的話。」Phai哥悄聲說。

　　「我不喜歡Sky了。」

　　聞言的人感覺腳下的地板正在龜裂，心臟也差點停止跳動，臉色慘白更甚白紙。

　　這時，Phai哥笑得更開，也更加溫柔，而且……也更加寵愛。

　　「因為我愛Sky，不只是喜歡。」

　　那個人在嘴唇附近流連徘徊，落了好幾個吻，接著用讓Sky豎起的高牆崩塌殆盡的柔和語氣說：

　　「愛你。」

　　「唔！嗚、嗚……」

　　男孩哽咽到整個身體都在抖，縱使沒有淚水，但哭聲卻響徹得像是用盡全身力氣。

　　「Sky呢？對我是什麼感覺？」

那一秒，Sky無法再繼續隱瞞任何的事情了。

「愛、嗚……愛、我愛……」

唰！

不需要華美的詞彙、不需要經過修飾，只要一個代表感覺的字就勝過千言萬語。Phraphai將身體顫抖的人緊緊地抱住，讓他的頭靠在自己的肩上，摟著腰際，感受懷裡那個人強烈的壓力。不久以後……。

「嗚、嗚嗚嗚嗚嗚嗚 ──」

Sky無法再忍耐下去了，纖細的身子落入溫暖的懷抱，雙手緊揪著對方的衣服不放，然後放聲大哭、盡他所能地哭，將所有藏起的情緒通通宣洩出來，說出自己有多愛這個男人、很愛很愛，但也害怕這份愛會不小心傷到自己及身邊的人。

「好，我知道。沒關係。沒事了。」

Sky從來沒有像這次一樣高興過，Phai哥是最能看穿他的人。

這個人能感知到他不是只有喜歡，而是一樣太愛了。

Phraphai承認他是帶著怒氣來到這裡的，但在看到被放在工作桌上的厚紙時，怒氣立刻就被其他感覺所代替了。他從頭讀到尾，看著許多文字乘載了Sky對他的感覺 ── 從一開始只有討厭，接著是對他的瞭解，最後用痛苦作結 ──卻讓讀過的人感覺心裡是甜蜜的。

Sky不僅僅是將情緒宣洩在這張紙上，而是正在寫一封告白信給他。

男人知道了在電話中所說的話全是謊言，但他仍想知道對方真實的感覺是什麼，還有讓Sky要謊稱不愛他的原因。

他等了又等，終於等到這個小孩回來。

看著那小孩神情痛苦地癱坐在地上，Phraphai的心裡也很煎熬、很想去安撫他，但他必須先確定對方到底怎麼想、有怎樣的感覺。然後，在聽到「愛」這個字的瞬間，Phraphai毫不遲疑地將Sky拉進懷裡抱好，心中五味雜陳。

另一方得要多折磨才能那樣對他說謊。

因此，他靜靜地坐著、緊摟著纖細的身子，不停低語著「我在這裡」並一直撫著後背，直到那具顫抖的身體平靜下來，只剩下重重的喘氣聲，拉扯的力道也變成鬆鬆地握著他的衣服。Phraphai抱著他，等到確定那個人疑似呼吸困難的症狀有所好轉，這才退開、去看對方的臉。

好看的臉蛋仍跟原先一樣蒼白，但眼睛裡有比較多情緒了，不再只是見到他時的恐懼。

「好點了嗎？」

「對不起，我很抱歉。」找回聲音的當下，Sky先脫口而出的卻是道歉，這讓Phraphai忍不住笑了。

這就是那個知道他愛上了，所以就把人踢開的小孩嗎？

有這種歉疚眼神的人是不會做那種事的。

「對不起我什麼？嗯？」他的可愛小孩仰頭看著他，然

後又再次低下頭，讓他不得不在艷紅的嘴唇上用力親了一下，叫那小孩再次直視他。這就足以讓 Sky 將內心的想法徹底迸發出來。

Phraphai 只是靜靜地聽著，儘管他幾乎想爭辯說，他不曾對那個連名字都不記得的女人說愛，但還是耐著性子繼續聽下去，沒有出口打斷。全部 Sky 想太多的事情──有天他會厭倦、有天他會離開，還有像他這樣的人能找到更好的──讓他真的很想知道，到底是誰將這些歪理塞進這小孩腦袋的？

不為什麼，只是想殺了罪魁禍首。

他家小孩那麼可愛、那麼值得抱抱，不過現在先讓他為自己辯解一下。

「Sky，我那天真的不是想對那個女生說喜歡。我不知道你聽到什麼，但那晚，我想的都只有 Sky，沒有專心在聽她說話。如果我說了喜歡，那也是想著你、對你訴說，或者只是想打發走那些麻煩而已。」雖然男孩看樣子心裡依然不信，還是比原本軟了許多，他不得不再次強調：

「我現在只有你一個。如果你問我，要怎樣才能讓我喜歡、讓我愛你、讓我不會厭倦你……」他戳了戳胸口，然後用肯定的語氣說：

「只要你肯做自己，我就哪裡也去不了了。」

我已經愛到回不了頭，還全家人都知道了。

最後這句沒有說出口，留著等遇到 Phan 的時候，讓她

自己爆她哥的料，而且Phraphai有信心，他們絕對會交往到把人帶回家的時候，不可能遇不到。

「真的？」

讓他死吧！那小孩一抓上衣服、抬起眼，用顫抖的聲音問時，他就太想把人吃掉了。

不過，大個子還是先收起自己的黑暗面，點點頭、落了一個吻在柔軟的脣瓣上，再次保證。

「真的。我只求一件事，就是不要再說我們之間的事情只是我的幻想，這是我第一次經歷那樣的痛苦。」還好他是那種冒險犯難的人，要是像MV男主角那樣坐著掉眼淚、不去問清楚真相，大概還會痛苦很久。

「但我也想知道，Sky是從哪裡學來那些『我總有一天會厭倦』的想法。」

Sky有些猶豫，可還是輕輕地開口：

「我的前男友。」

聽者皺緊眉頭，他真的要恨死前男友那混蛋了。

「我跟他的分手過程不太好，要說是爛透了也行。我心裡記得的事情是他跟朋友說他厭倦我了、我這種人很無趣，然後我就心碎了。」Phraphai觀察過好幾次，每當Sky提到前男友，他家的小孩就會露出恐懼的神情、全身顫抖，像是一場惡夢出現在他面前似的，於是將他的頭拉過來靠在自己的肩膀上。

「我不是你的前男友，不要拿我跟那個混蛋比較！」男

人硬聲命令著。Sky聞言沉默了一下，接著才緩緩點了頭。

要不是考慮到Sky怕成這樣，他大概已經在問名字了，這樣才能教訓到正確的人。

「不要再覺得『Sky很無聊』或者『Sky一無是處』。Sky的優點比你自己想的還要多，都能讓我痛苦折磨成這樣，可以對自己更有信心一點。」

「Phai哥這種人也會覺得痛苦折磨嗎？」

Phraphai不確定這是迂迴還是真的懷疑，只好抬起下巴、讓兩人的視線交織在一起，然後他看見了恐懼，於是笑得更開，用鼻尖去來回磨蹭。

「看著我的眼睛，然後Sky會看見那個讓我變成這樣的人。」

倒映在他眼睛裡的身影就是那個問題的答案。

「但我什麼也沒有看見。」

男人皺緊眉頭，還以為是感覺好轉之後，那小孩又開始嘴硬，可事情不是這樣。

Sky咬著嘴脣，蒼白的臉頰開始泛紅，然後用輕飄飄的聲音說：

「因為愛情……使我盲目。」

唰！

「別奢想我會放Sky走!!」

一說完，雙手就抱緊纖細的身子，直到兩人之間沒有縫隙。他真的很想在那個混蛋前男友耳邊大吼——他的Sky

一點都不無聊，這裡只有可愛的人而已！

「我大概是永久失明了。」

認了，真的認了。

❊ 第十九章

厚臉皮男人的真心

「所以你跟Phai哥在一起了？」

「應該是你猜的那樣啦，Rain。哥是誰？Phraphai耶！怎麼可能追不到？」

在Prayu跟Saifa這對雙胞胎的修車廠裡，有個客人從中午就不請自來，而且不是來修車或保養，而是來宣示所有權的，對象是那個他牽著手帶下車，一起走進辦公室的小孩，而且兩個人還依偎在一起，這讓Warain瞪大眼睛、左顧右盼之後，將目光停在沉默如常的好友臉上。

Sky似乎沒有像當時我說跟Phayu哥交往時那樣害羞。

「Sky，Phai哥是不是在吹牛啊？」

Rain忍不住懷疑地問。他從一開始就不覺得，他們的副班代會對Phai哥表現出什麼特別的興趣。

「來，Sky，把我們的愛情宣告給世界知道一下。」回答的不是Sky，而是憋著笑的Phraphai。他看著那個仍板著臉沉默的人，但耳朵已經慢慢紅起來了，還有那隻從上車、下車到坐在沙發上都被他強行握住的手也捏得越來越緊，像是尋求鼓勵一樣。

Phraphai知道，除了那個邪惡的混蛋前男友外，Sky沒有再和其他人交往過，直到遇見他。他也知道了，雖然Sky

看起來是個專注在學業及跑活動，也不太在意愛情的普通男孩，但實際上卻隱藏了多少脆弱——Sky害怕愛人、也害怕被愛，因為他覺得愛情像隻箭會傷到自己，就像過去一樣。不過，一問起往事，那小孩卻總是躊躇著不願意多談。

『等我準備好，我會告訴你的。』

他也沒有強求，只是看到Sky不太好的臉色，他心就軟了，更是心疼那個勉強說出「我們結束吧」的人——那個人緊緊地抱著他，拒絕入睡，在以為Phraphai睡著時起身查看，確保他仍然躺在自己身邊、害怕他會突然消失。

這讓從不關心任何人的心發誓要好好照顧Sky。

現在Sky還沒完全信任他，不過沒關係，他還有很多時間來證明自己。為了確保他不必再遭受老婆消失的痛苦，他得先宣示所有權！

一個想法在他腦海中閃過，當Sky喃喃著說必須告訴Rain的時候。

就這樣，Phraphai設法打電話給Phayu和Rain，訂了修車廠之約，然後帶著困惑的Sky來到這裡，明白宣示兩人現在的關係。

Phai會告訴Sky認識的每個人，這樣一來，如果下次老婆又躲他，就會有人來報告行蹤。而在和Phayu聊完之後，他還要去找那個叫Six的朋友，看看那個把他家小孩藏了兩週的人長什麼樣子。聽說很帥，所以必須去比比長相，這樣旁邊的人才會知道自己選對了人。

一步步規劃著的自戀人士哼哼地笑了。

「嗯，我和Phai哥在交往。我跟你說過，有交往對象的話就會告訴你。」當Sky回應完，Phraphai便補充：

「其實，Sky想告訴Rain，他有多愛我、有多高興我們在一起，想向你吹噓，所以我得趕緊帶他來跟你說。即使Rain沒做什麼，但Sky沒有忘記你的恩情，他能遇見我、和我在一起，還有成為現在的樣子，都是因為Rain。」

「真的嗎？」Rain驚訝地問。

「真的。Sky為什麼要說謊？」

「不是，我沒有問哥。我在問我朋友。」但Phraphai不管，他帶著燦爛的笑容、繼續輕鬆地說：

「現在Sky的心是屬於我的，我能代答。你問Sky現在怎麼想？我告訴你，他很愛Phai哥、愛死Phai哥了。」聽者微微張了嘴，轉頭看向一言不發、表情依舊的Sky，只是目光在閃爍。於是，Phayu戲謔道：

「你確定不是自己在幻想嗎？」

「就是，Phai哥太厚臉皮了。Sky，你確定不是被Phai哥下藥拖進房或者催眠什麼的嗎？還是，你的手是被膠水黏住了？如果不想和Phai哥牽手，你跟我說，我幫你撬開。」

那情侶倆一字不信的詢問，讓Phraphai哈哈大笑。他才不在乎那些懷疑他是對Sky施密咒還是使用黑魔法的眼神咧！他感覺得到身邊的男孩將他的手握得更緊，並在瞥了他一眼後，主動改變了話題。

「沒。你明天要交的作品做完了嗎？」

「我是為你好喔，Rain。別說我壞話，不然Sky要生氣了。」

「你真的會生氣？」

「所以你做完了嗎？」

「生氣了，有人罵自己男朋友，誰不會生氣？像Rain一樣，如果有人說Phayu什麼，你不生氣嗎？那如果Rain說我有壞心眼，Sky又怎麼不會生氣呢？」

「呃，還沒做完，等下會繼續做……Phai哥說的是真的？」

「你對迎新有什麼想法？」

「看吧！我是最為你和Sky好的人了，沒有人能比得上我。」

「喂!!!能不能不要雞同鴨講？然後，Phai哥閉嘴，我要和我的朋友說話！」突然，左右應答的人大喊，覺得自己都要搞不清楚狀況了，Sky只顧著問系上的事情，然後Phai哥一直在吹噓交往的事情。這樣他該先回答誰？拜託能講同一件事情嗎？他頭都暈了。

Warain的結論讓Phraphai笑了，望著那個抬頭看著Phayu的男孩

「Phayu哥，我頭好痛，不知道在聊什麼。」

Rain是不明白，但Phayu嘴角掛著微笑、似乎是懂了。

「其實，我們在講同一件事喔，Rain。」Phraphai笑

著說，轉身看著昨天承認兩人在交往的人，看臉頰上泛起了紅暈，或許隱約到看不見，但他注意到了，於是摟過肩膀、將人拉進了懷裡。Sky微微仰起頭，但沒有反抗。接著，Phraphai才轉回去看向另外兩人。

「Sky是用轉移話題來掩飾尷尬，所以我有責任要告訴你們，我們有多愛對方。」

說完，他便俯下身來，對上那雙不再掩飾對他的感情的漆黑眼眸。他想吻一下紅脣、秀一下，但他知道自己必須慢慢來。

「Phai哥！Phai哥！」Rain沉默了一會兒，然後開口喊他。

「怎樣？」

男孩用認真的眼神看著他。

「有沒有人說過你很厚臉皮？」

「太多了。」他聞言沒有生氣，只是放聲大笑。如果他不是厚臉皮的話，一開始就會被趕走了。

「臭Rain。」一直沉默的人喊了好友，對Phraphai的厚臉皮歪了嘴的Warain轉過來對上他的眼睛，接著Sky用更嚴肅的語氣說：

「別罵我男朋友。」

「……」

「……」

就在此時，寂靜籠罩了整個辦公室。先有後續動作的人

是Phayu，他站起身來，拉著大眼男友的手，讓他跟上去。

「走吧，Rain。已經中午了，我們去吃飯吧。Sky，你隨意啊。」

「嗷！讓我男友隨意，那我咧？」Phraphai爭辯道，緊緊抓住他滿口宣稱是男友的人的肩膀。

「你有對我客氣過嗎？」

語畢，Phayu就拉著Rain的手臂、離開了辦公室。男孩仰起頭、看著他的眼睛，像是告狀一樣地說：

「Phayu哥，那真的是Rain的朋友嗎？臉都紅了。」

「在管你朋友的事情之前，期末作品過關了嗎？」

「吼！Phayu哥！人家還在做啦。幹嘛像我爸一樣。」

當那兩人離開辦公室後，Phraphai抓過臉紅的人，重重地在臉頰上親了幾口。

「我男朋友世界可愛！還會保護我。」

「嘿，Phai哥，外面會看到。」害羞的人推著胸口，瞥了一眼房間某側掛來看外頭修車廠的鏡子，但能用的力氣實在太少了，以至於Phraphai更是大笑了起來，在臉頰上大力親了一下，然後用歡快的聲音說：

「被看到就被看到，我就是帶男友來炫耀的。」

「你有問我想不想被你帶出來炫嗎？」

「看眼睛就知道了。」

「厚臉皮。」

「這是厚愛Sky啦。」

再一次，懷裡的人臉上發燙。如果是以前的Sky，就會眼神一沉、起身逃跑了，但現在那個知道身份變了的人，伸手將Phraphai的襯衫扯得更緊、咬著嘴脣，不是很肯定地慢慢把頭埋到了肩膀上。

　　「你確定要說我是你男朋友了嗎？我不像你以前勾搭過的那些人那麼可愛。」看樣子，要讓Sky對自己建立信心，還需要很長的一段時間。

　　「我不想吹噓，不久之後就會在報紙上刊登了。」

　　害羞的人臉色怪怪的。

　　「我又不是失蹤人口。」

　　從昨天開始，他的小孩就不太說話了，可能還無法反應發生的事情。因此，Phraphai很開心能看到Sky像以前那樣開始回嘴，所以還是要逗弄一下。

　　「萬一Sky消失，我……就連呼吸的力氣都沒了。」

　　聞言之人眼睛微微撐大，然後低下頭、避開他的眼神。

　　「狗血！」

　　「但可以看到天空的影子。」

　　他喜歡紅著臉的人那種鄙視的眼神，不過也將他的襯衫抓得太緊了。

　　「我還沒問過你，什麼時候拿到我房間鑰匙的？」看來有人不知道該怎麼爭辯下去，只好轉移話題，但這也傷不了Phraphai——如果他不是很狡猾地一開始就打了鑰匙，又怎麼會知道有人寫了情書呢？

「之前你發燒，我去照顧你的那時候，第一天從Rain那裡拿到時，就拿去打了。」還說得一臉得意。

「你不覺得我會生氣？」

「所以你有生氣嗎？」男人說著就湊上前去，溫柔地和另一方磨蹭鼻子，看著烏黑的眼睛來回閃爍，然後Sky也悄聲說：

「現在不會。」

「那就無所謂了吧？因為我除了得到鑰匙、打開你房間外，也打開了你的心……對吧，小乖？」聽者扭動著身體、眼睛慌亂地垂下，但Sky的大腦似乎還沒完全開工，因為……。

「浮誇！」

「但它倒映出了Sky的紅臉，」當他輕聲說時，聞言之人聽者抬起眼，然後……把頭靠到了肩膀上。

「不講了啦！」

那模樣讓Phraphai緊緊抱住另一方，放聲大笑。他又一次覺得和這個小孩在一起很好玩，或許不僅是好玩，而且……快樂。

鈴～～～

突然，電話鈴響了。Phraphai長長地嘆了口氣，還是拿出來看了螢幕，帶著狡猾的笑容接了電話。

「喂～～媽。」

〔Phraphai!!!你沒有去殺人吧？昨天Phan說你面如夜

叉地走出家門，到現在也還沒回來！媽現在該不會不需要幫你收拾聘禮、抬去給被你搞大肚子的人，而是要去把你保釋出來吧？〕

這頭的人眉頭都皺起來了。

我昨天真的有那麼可怕？

這個念頭讓他的視線落在一臉好奇的懷中人身上，忍不住在鼻尖落了一個吻。

也是應該的吧？當 Sky 說「我們結束吧」的時候，他的理智就崩潰了。如果不是有那張紙，他可能會一碰面就把人抓上床，然後再把人關起來，讓那小孩知道 Phai 沒有要結束……他到底有多愛啊？

「所以，媽要抬聘禮來給他嗎？」

〔別告訴我，你……〕

「唉！媽，看好你兒子一下啦！現在你兒子很專情，心裡只有一個人。」

〔那你說叫媽抬聘禮去的事情是？〕

Phraphai 看著 Sky 的眼睛，燦爛地笑著，大聲而清晰地說：

「我現在跟你所謂的『媳婦』在一起。」

「Phai 哥！」懷裡的人喊道，作勢要退開。Phraphai 將他的臉推回胸口後，再次開口說：

「媽，他人很可愛唷！把你兒子綁得很緊。」

〔真的？你帶他回家來，媽想見他。我想看看那個能讓

風流的你定下來的人長什麼模樣。Phan，你哥要帶另一半回家！〕

「等等，我還沒說……」

〔現在中午了，就帶來我們家吃午飯吧！媽先去讓做飯的人加點菜。〕

話說完就掛了電話。Phraphai一臉無辜地告訴懷中的人：

「該怎麼辦，Sky？我媽叫我帶你回家。」

可愛的人茫然地望著他，然後……

啪！

「哎喲！好痛！」

重重的一拳砸在了他的腹部，讓Phraphai彎下腰，同時，Sky站了起來，緊緊抿住嘴巴，眼神閃爍。

「哥是故意的！」

Phraphai一邊笑一邊抱著疼痛的肚子。他可沒有說這不是故意的喔。

「可是我媽說了，所以必須去。長輩的吩咐，我們做孩子的不該違背。」

Sky只能躊躇地望著他，其他什麼也不能做。這讓他伸手抓住手臂，安撫地摸了摸。

「我家不可怕的，跟我去看看我媽吧。」

聽的人仍猶豫著，但最終還是在大個子得意的笑容中點了頭。

既然和朋友炫耀玩了，接下來就得跟家裡炫耀自己交到一個可愛男友了。

　　唉！該怎麼辦才好？我想跟全天下宣示這孩子的所有權，還是要在臉書上直播？

　　「Phai哥，你家、嗯……好可愛唷。」

　　「你要說奇怪也可以，我不介意。」

　　離開雙胞胎的修車廠後，坐在前座的Sky一路上都在緊張，甚至來到大屋時仍在恍惚。因為大個子的媽媽不光是出來很好地迎接他，還問了一個就算再轉世三次、也想不到會從交往對象的母親口中聽到的問題。

　　『Sky，對嗎？你爸媽想要多少聘禮？媽要抬去求親！』

　　什麼狀況？

　　他不知道Phai哥過去是怎樣生活的，但從三兄妹母親表現出的喜悅看來，這家的三兄妹似乎一次也沒有把交往對象帶回家過，還淨製造一些頭痛的事情給為人父母者，就連Phai哥的爸爸也一臉令人同情地對他說：

　　『辛苦你了，爸爸的兒子就拜託你了。』

　　於是，一路上壓力重重的人漸漸放鬆了下來，尤其是在Phraiphan拚了命在爆料他哥的時候。

　　『Sky哥，你知道Phai聯絡不上你的時候是什麼樣子嗎？喔齁！整屋子的人都不敢靠近他面前，他一整天就是坐著看手機，別人問點問題，他怒目相對，就連Phan也不想

跟他講話呢！賽車場也不去，連他的愛車都積灰塵了，明明之前每天都擦得晶亮。搞得整個家像監獄一樣。然後，Sky哥你看，他今天的臉燦爛得跟篩子一樣⋯⋯Phai哥！手！你的手啦！不用護成那樣，沒有人會跟你搶。』

『死Phan，不准碰！這是我老婆，只有我才能碰我的人。』

而且還吃醋吃到外面來。

這一切讓Sky覺得，和這家人相處的感覺比想像的還舒服。一吃完午餐，就讓他上樓休息。於是，他現在坐在床上，房間的主人笑得一臉得意。

「嘿，Sky還沒見到我弟跟我叔，他們兩人也一樣奇怪。」

Sky尷尬地笑笑。才三個人，他就不太應付得來了，如果遇到比這更奇特的人，他該如何自處才好？

那副沉思的模樣讓Phraphai笑了，他躺到床上，然後扯著手臂，讓人並排躺下。

「我覺得很好」

「怎麼說？」Sky不確定地問。自從昨天把誤會解開後，他還是無法冷靜下來，不知道該怎麼做才好。心裡想要趴在胸口上，但這完全不是他的個性。最終，他只好躺在臂彎裡，看著那個笑得停不下來的人。

「就這樣而已。把Sky帶回家、介紹給全家人認識⋯⋯相信我是認真的了嗎？」聽者抿了抿脣，嘴上想說相信，但

曾經警戒的人還是很謹慎，無法說出答案。但Phai哥沒有生氣，帥氣的臉上反而透著理解，用他躺著的那隻手深情地撫摸著頭髮。

「沒辦法百分百相信也沒關係，我們開始的方式也不太好。慢慢花時間調適就好，我不急。只想要Sky在我身邊、偶爾撒撒嬌，看是抱抱、親親或者坐大腿，我都可以。」聞言的人看一眼深邃的臉，然後閉上眼睛、忍住隨時都會笑出來的笑容，

不管是昨天還是今天，都快要死掉了。昨天是痛苦到快死掉了，而今天是……高興得快死掉了

Phai哥不像是Gun哥，沒事的，再試著交個男朋友也沒關係。

從昨天到今天一直在焦慮中怦怦直跳的心臟，慢慢恢復了平常的節奏，足以讓他再耍一次嘴皮子。

「我不小隻喔，讓我坐你腿上？這樣好嗎？」

「是能有多重？都蹲坐在我身上過了。」

Sky的臉瞬間燒了起來。

「變態！」

「不否認。還有拜託你別做出那種表情，我等下會忍不住……都兩個星期了。」大個子輕聲嘟囔著。男孩仰起頭來、對上他的眼睛，他咬著嘴脣，不知道自己現在是哪種表情，但他明白對方的感覺，於是悄聲地說：

「你想做的話也可以。」

他自己也是男人，跟名分是「男友」的人在一起時，他也……。

「別勾引我。」大個子一臉痛苦。

「我什麼都沒做。」

「在我家這叫做『勾引』！過來這裡。」Phai用認真的聲音說道，輕輕招了招手。

Sky起了身、跨坐到對方腿上，望著他撐身坐上去的人正用雙手鬆鬆地摟他的腰，讓他不得不趕緊說。「但別在這裡，你爸媽……」

「他們不會說什麼的。要是讓他們知道我這種早熟的人會守貞，我媽可能會請師父來灑符水。」

那麼欲就對了！

「但現在我只對Sky一個人欲。」

也不知道是不是他不小心用冰冷的眼神看了一眼，Phai哥趕緊補充，然後湊過來在臉頰上吻了一下，讓他只能舉手環住對方的脖子

「可是真的不要在這裡，我擔心他們會不喜歡我。」男孩說得猶豫，他立刻就意識到，自己在乎的不只是抱著他的人，還在意對方的家人。大個子對此笑得很開心，收緊環著的腰身，那個看他的眼神——如果沒誤會的話——應該是寵愛。

「那就只親親。」Phai哥繼續要求。

「只有嘴巴喔，別的地方不行。」Sky打斷他，一副看

穿的樣子 —— Phai哥這種人通常都別有深意 —— 這讓大個子大笑了起來，又親親他的臉頰。

「哇！被看穿了。」

「因為你是變態。」

「但我現在只對Sky一個人變態。好想念唷。」

男孩嚇了一跳，當PhraPhai的指尖移過來勾著他的乳頭玩時。

「所以說，哥喜歡的是我的乳頭，而不是我本人吧。」

「我都為了等你在你房裡待了十個小時、飯也沒吃，你還以為我只喜歡你的乳頭而已？」聽者閉上了嘴，然後伸手去摸了摸臉頰，扶著他的下巴，用顫抖的聲音說：

「對不起，我真的不是像我說的那樣想，我沒有覺得你煩、沒有厭倦你，然後每次你買飯來給我、一起坐下來吃飯的時候，我都很開心。我也很不好意思讓你一直買美食來給我吃。還有，我也喜歡你和我一起在房間裡。只是我不善於表達，我也不想說那種很糟糕的話，我……」

「噓 —— 」Phai哥出聲安撫，然後給了一個像是從前Sky嫌煩的笑容。

「要跟我道歉的話，還是親我好了。我等了好久了。」此刻，這個笑容讓Sky鬆了口氣，傾身吻上那張欠揍卻每次都能讓他笑的嘴。

一個帶了甜蜜的輕柔之吻，裡頭是男孩對自己講過那種話的後悔，傳遞而出的大量情意讓他明顯感覺到Phai哥將

他的腰抱得更緊，用同等的溫柔回吻他，讓小小的心臟顫抖不已。

「這樣比道歉好多了。」Phraphai用沙啞的聲音低語。「再來一次？」

除了跟隨自己的心，他什麼也做不了。

甜蜜的吻一次一點地逐漸拉高熱度，Phai哥也再次躺倒在床上，拉著跨坐的他趴到身上。兩人的嘴脣仍沒有分開、舌尖輕輕地攪在一起。正如Phai哥所說──這樣好多了。

他想對這個男人說謝謝還來找他、選擇他，但又不善於表達自己的感受。因此，這是他的表達方式，而他也知道Phai哥能感受得到，因為大手移來抓住了他的後頸，溫柔地撫摸著。

Sky問著自己：可以去愛，對嗎？可以愛Phai哥，對嗎？

而這個問題的答案是緊貼在嘴脣周遭的碰觸。

「Phai哥」Sky的眼睛一顫，沙啞的聲音顫抖著，彷彿要哭了。

「怎麼了？」聽者輕聲回答。

「我……」

砰！

「Phai哥!!!Phleng來了，你男朋友呢……喔！又找錯時機了。」突然間，天空被嚇了一大跳，他差點來不及在房門打開時，跳下來坐好。門邊有個長相可愛、一頭紅棕髮的

男人站在那裡。Sky的雙頰更加紅潤，努力掙扎著想從腿上起身，但卻被大腿的主人緊緊地摟著腰。

Phraphai心累地轉頭看向新來的人。

「Phleng，下次進房間時請練習敲門。」

這個人就是Phai哥的弟弟嗎？……真的是全家人都長得很好看。

Sky一邊想，一邊努力解開章魚般的手，但沒有用。同時，PhaoPhleng笑了笑，邁步走近床邊，抓住他的手，然後用力地搖晃，即使他嘴上在回答哥哥的話。

「就Phai哥沒有帶過交往對象回家，所以Phleng就習慣走進你的房間了……你好，我叫Phleng，聽說我們年齡只差一點點，可以叫我Phleng喔，我不喜歡被喊『哥』。然後，這個！我給你的見面禮，像之前說的，Phai哥從來沒有帶過人回家，所以家裡也沒有這類東西，但我一直都有準備著，就為了突然要玩outdoor的緊急時刻，請隨意用喔！尺寸應該可以，我用視線量過了，我大哥的尺寸應該跟我男友差不多。再一次跟你說，很高興認識你。祝你們玩得愉快，我等下會為你們鎖門的。」Sky只能微張著嘴、望著用力晃著他的手的人，甜笑著，又從口袋裡掏出一些信封，塞進他的手上。

然後，來打擾的人就笑著退開、揮了揮手，鎖上房門，接著……。

「媽！不要讓任何人上來打擾Phai哥唷。他們兩個在

洞房。」

大叫的聲音讓 Sky 只能目瞪口呆。

「來來，Phleng 給了什麼？哈哈哈，保險套和潤滑液。這死小孩還真有準備。」身為哥哥的人也不難過，拉過手中的信封來看看，然後對他聳了聳肩。

「現在，Sky 只剩我叔一個人還沒見過了。」

Sky 發誓，他很害怕。

「我可以不要見嗎？」

大個子放聲大笑，然後緊緊抱住他。

「怎樣都會見到的，因為我會跟 Sky 在一起很久。」

儘管 Sky 該對有人看到不恰當的景象而感到尷尬，但他還是笑了出來，因為他知道 Phai 哥為什麼帶他回家了 —— 為了告訴他，不會像他害怕的那樣和他分手。

一個每次都能讓他微笑的瘋子，讓 Sky 總算講出了被打斷前要說的話：

「我愛 Phai 哥。」

而 Phai 哥也讓他的心噗通噗通地跳了起來。

「嗯，我知道。」

如果昨天還以為是在做夢，那今天就是真的了 —— 有個男人堅持他可以愛人，也可以被愛。

第二十章

想遺忘的過去

「OK，你可以拿回去繼續做了。」

「謝謝教授。」

Sky欣喜地笑著接下教授的話，他期末作品提案的平面圖輕鬆過關了！不得不說，從提案發想第一次就通過，和後續被許多同學欽羨的順利進度，他自己也很驚訝這段時間的順遂。

從Phai哥家回來已經快兩週了，Sky也進入第一學期的期末，但是如海一般的工作量並沒有像學期初那樣傷害他。或許是最近神清氣爽、身體也更有活力，只要看到下班來找他的人很快樂了。

儘管曾經認為自己可以一個人，但他現在卻很黏Phai哥。

或許這次作品會如此順利，是他一邊做一邊想念Phai哥的緣故。

Sky也知道這有點誇張。

叮！叮！

Sky在桌下拿起手機偷看，然後笑了出來。

……我今晚有比賽，會很晚才過去。想吃點什麼？……

他很快打了字回覆。

……我自己去買，哥不必擔心。祝你勝利。……

Phraphai回得更快。

……贏了，有獎勵嗎？……

這端的人有些躊躇，然後決定回覆：

……如果你還有力氣，我可以接招……

這一次，Phai哥沉默了很長的時間。

……Phai哥？……

沒得到回應，Sky準備將手機放進袋子裡，但它突然又震動了一下，讓Sky只好低頭看，然後大笑出聲。另一個同學轉頭過來看了一下。

「對不起。」男孩趕緊開口，儘管他憋笑憋到肩膀都在顫抖。接著，為避免同學誤以為他在笑那些作品，他趴到了桌上，忍住笑意的表情很可怕。Warain於是問了：

「Sky，你是怎樣啊？」

「沒事、沒事。」

就Phai哥是這樣回答的……

……我要截圖並印出來作為證據。今晚的Sky沒有昏倒，我就不叫Phraphai！……

哪個瘋子會截圖之後印出來啦！

答案在腦中閃過……就是他男友那種瘋子。

「你知不知道今晚有比賽？」

下課一離開教室，好友就轉過來說道，還是同一件剛剛

跟那尊黑肉夜叉聊過的事情。

「Phai哥剛剛告訴我的。」

「我想去，只是這樣就沒時間睡覺了。學期到底什麼時候才結束？」

「剩沒幾星期了，你手機是沒有日曆嗎？」Sky笑著問，看著好友癟著嘴，然後開始抱怨。

「你只去過一次，還沒有進去過，你不知道那裡有超多精心打扮的男男女女。我去過好幾次了，總是有人目不轉睛地在看Phayu哥，我是知道Phayu哥不在意，但還是忍不住吃醋，那是我男朋友耶！」說到後來，Rain的語氣很輕，然後才繼續問：「你啊，不會有些擔心Phai哥嗎？聽說那裡是誰贏了，就能得到對方帶來的人。」

Sky幾乎停止了微笑，但仍裝出不在乎的模樣。

「如果Phai哥想要，我有什麼辦法？」

「也是，我也想和你一樣冷靜。」

不，他只是「假裝冷靜」而已，心裡其實比Rain還要害怕多了。雖然Phraphai誇他這裡可愛、那裡很棒，但他是那種接受現實的人。Rain比他可愛上不知道幾倍，但還是會害怕。……該死，Sky你已經到了害怕的程度了嗎？

「對了，我看過比賽時的Phai哥，酷爆了！看起來一臉欠揍，但一騎上重機完全是另外一個人。」

聽的人搖搖頭。

「不然，我們學期結束之後去？跟我作伴。比賽時的

Phayu哥都忙著照顧車子，我每次去都是和Saifa哥在一起。」Rain熱烈地說，用期待的眼神看了過來，他只好輕輕地推了推Rain的頭，把現實丟在面前。

「在學期結束前，你得先活過期末好嗎？」

這才讓Rain閉嘴，露出可憐兮兮的眼神，瞄向沒完沒了的作業，也因此沒注意到，這邊的人頓時緊張了起來。

誰說Sky從來沒有去過那場比賽？他就是進去才遇到了Phraphai的。

在Rain剛認識Phayu學長的時候，拚了命想找人家麻煩，甚至還要潛入賽車比賽、去找出人家的弱點，一頭熱地問遍了每個認識Phayu學長的人。他擔心會出事，所以答應要找出賽車場的位置。最後，他又是找地點、又是作陪的，當臭Rain被Phayu學長扛上車載走時，不就是他Sky跟在後面擔心嗎？還是他去收臭Rain掉在那裡的車鑰匙，才會它遇到Phraphai的。

那個說如果想安全離開，就得有交換條件的男人。

那個時候，Sky還覺得自己倒霉透了，但現在卻覺得真是太幸運了。

如果沒有進入那場比賽，兩個人可能就不會遇見了。

但在幸運之中，有一件事，他並沒有跟朋友清楚解釋過，關於……他是如何找到比賽地點的。

就是從他的前男友那裡。

曾希望這輩子都不想再見的混蛋前男友。只是他還記

得，那混蛋以前曾說過市中心賽車場的事情，所以Sky才決定打給那個人。Sky也非常恐懼，但因為更擔心好友會做什麼瘋狂的事，所以強忍著控制住情緒、周旋了好一陣子之後，終於得到了地址。

『要見個面嗎？』

是要見什麼？也因為已經得到所需資訊，Sky便掛了電話，快速處理掉打去的號碼。因此，不是他不想去那場比賽，而是害怕要去。

沒什麼方法是能保證永遠不會見面的。

「你怎麼了？臉色好蒼白。」他或許表現得太明顯了，正在抱怨的好友試探著，讓他趕緊連忙搖頭。

「沒事沒事。那件事等學期結束再說吧。」

「你答應了喔！」

「嗯，我有食言過嗎？」

那是很多年前的事了，他應該可以斬斷它了。

Sky不確定他是什麼時候意識到自己對男人的興趣，也許是朋友開始談論異性的時候，又或者是發現比起女人，自己更愛看男人的身體時，但他沒有告訴任何人，只是沉默著。再加上父母要離婚的問題，Naphon對這件事就更加沉默，直到來曼谷唸高中。

一切對他來說都是新鮮的，獲得的自由讓男孩變得狂野。

他比以前交了更多的朋友、嘗試了許多和父母住時未曾做過的事情——Sky在高一時開始嘗試抽菸和喝酒；一升上高二，朋友就約他去聲色場所，透過裡面認識的人，把未成年的孩子帶進去。Sky也因此遇見了——Gun哥。

那時無異是一張純潔無瑕白布的Sky，對一切都充滿好奇，而這也吸引了另一方的目光。

Gun哥看起來酷酷的、很深沉，令人想要探索，這也讓他的心悸動。

對方能感覺到他目光裡的東西，而對方不僅不討厭，還給了他前所未有的體驗——他和Gun哥睡了，完全不在乎朋友說那個人有過不好的傳聞。他太天真、太乾淨了，認為愛就是一切。

Sky只覺得Gun哥可能不是一個好人，但是對方對他的關心及照顧勝過了親生父母，是真的很愛他。

他太傻了。

起初一切都還很順利，不過隨後開始產生變化。Gun哥越來越用力、不再滿足於一般的性行為，而是找來了很多東西玩弄他的身體：玩具、遮眼、SM，但Sky仍安慰自己，那只是性癖而已，他可以接受。接著，開始擴大到在身體上穿洞。

他開始在每次發生關係時受傷，曾經覺得可以忍耐的男孩試圖乞求回到原本的樣子，以為相愛的人應該會憐惜彼此，可這卻激起了Gun哥的不滿。一切開始變得糟糕，甚

至連班導師都把他叫去問發生了什麼事？為什麼全身都是傷口？他只是含糊其辭地回答說，他從樓梯上摔下來，發生了一些事故。

Sky害怕這件事會傳到他父親的耳朵裡，所以他好聲好氣地求Gun哥。Gun哥有好了一點，但那個「好了一點」導致的是更糟糕的事情。

男孩被叫到旅館的時候，他沒有一絲懷疑。

「我有個驚喜要給你。」他既高興又鬆了口氣，認為Gun哥大概是知道自己不應該那樣對他了。但事情並非他想的那樣。

那間房裡不只有他男友，還有另外三個Gun哥的朋友。

「你朋友怎麼來了？」

對方沒有回答問題，甚至還用冰冷的眼神看著他，然後最糟糕的事情就發生了。

Sky沒辦法記清楚所有事情，他只知道自己曾試圖逃跑，卻另一個朋友抓住、壓到了床上；為了讓他安靜下來，在肚子上揍了不知道幾拳；在請求停手的哭泣聲中，那些人用手掌拍著他的臉，將衣服從他的身上撕了下來。

他又是哀求，又是拜託，但惡魔並沒有停手。而本該阻止他們的人卻面無表情地坐在那裡看。

「Gun哥，救救Sky……幫幫Sky、嗚！不要、夠了……好疼、啊啊啊啊！Sky會疼，Gun哥，求求你……Sky、Sky什麼都會做，嗚！別……拜託！」

他尖叫著，乞求著，說他愛他，透過朦朧的淚眼看向這個男人，但對方只是坐著邊看邊抽菸。

　　「Gun哥、嗚！求你……叫他停下來，拜託，Sky好痛，嗚！呃、Gun哥，哥愛……愛Sky對嗎？」Sky不知道為什麼他還有期待、他還以為對方會幫他，明明一看就知道Gun哥把他送給朋友們玩弄蹂躪。當他看著那個人叫朋友把他嘴巴綁起來的時候，他都要崩潰了，心也碎成了一片片。

　　「煩。」

　　「你太無情了，Gun。你看，他眼淚都流成了這樣。呵呵……會不會心碎而死啊？」他只能盡全力掙扎，哭得像個瘋子一樣，身上沾滿了濁液及血滴。他們咬他，強暴他，好像他只是個用來發洩性慾的玩具。然後，Sky從甜蜜的美夢中醒來，回到殘酷的現實，在他男朋友用厭倦的語氣告訴他的朋友時──

　　「我厭倦了，送你們。」

　　那一刻，他失去了掙扎的力氣，眼前一黑，唯有淚水不停地落下。明明就知道，就算他哭到死，或者真的死了，這場惡夢也永遠不會結束，只會一直持續下去。在乞求惻隱之心的尖叫聲中，他只聽見了惡魔的聲音說：這個Sky只是用到快壞掉的玩具，就算再破爛一點也沒差。

　　受傷的不僅僅是身體，心更是疼痛。

　　這就是直到現在仍在糾纏他的惡夢。

在黑暗之中，Naphon從夢中醒來。他身上已被汗水浸透了，呼吸重到胸口劇烈起伏，睜大的眼睛彷彿再次回到了現場。他必須花上好幾分鐘，才意識到自己並非身處旅館的房間，而是自己的宿舍。

「又夢到這什麼鬼！」

Sky低咒，起身打開燈後，回來筋疲力盡地躺在床上。

他今天一回到自己的房間就躺下來睡了，打算睡兩三個小時然再起床繼續工作，但結果醒來已是午夜，還夢見了好幾個月沒夢過的事情。

「一定是因為我和Rain傍晚的談話。」

男孩用力地揉了揉自己的臉，以集中精神，讓他能在大腦又想起了那時的情況下完全清醒過來。

第二天早上，Sky獨自在旅館內醒來，身上沾滿了黏稠的濁液、淚水和血跡，但他還是拖著身體回到了舅舅家，痛哭失聲、把自己關在裡面好幾天，直到爸爸因為聯絡不到人而跑來、把他接回家。男孩在過程中沒有說過一個字。

他休息了好一陣子，裝作什麼事也沒發生過，像是這個世界上沒有叫這個名字的人一樣，並以為他永遠不會遇到對方。但因為Rain的事情，Sky才總算連絡了對方。

雖然已經沒什麼感覺了，但聽到那個人的聲音還是讓他感到害怕。

好幾年的時光並沒有減輕他對Gun哥的恐懼，但多年來建立的防衛更能讓他表現出什麼都沒有發生過的樣子。

『哥之前欠了我一次。』

他被那男人的朋友無償玩弄。

Gun哥一臉震驚，大概是沒想到他會敢聯繫，但還是願意告訴他，不過在反問「要來見個面嗎？」時……

Sky所做的事情是掛掉電話，然後迅速處理掉號碼，彷彿是害怕電話那頭的人跟著電話的訊號再次出現在他面前。

「我到底什麼時候才能忘記這些混蛋事！」

男孩不爽地咒罵著，但內心深處正在害怕。

他可憐兮兮地環顧空曠的房間、全身發抖，害怕房間的漆黑角落裡會有冷冷的目光和猙獰的笑容看著他。他抓起電話，打給那個說很晚才會來的人。

〔想哥了嗎？〕

意外的是，電話那頭的欠揍語氣讓他胸口的不適感減輕了，取而代之的是安心。

「如果我說是呢？」

〔Sky再說一次!!!〕

電話那頭用難以置信的語氣重複著這句話。聽者的感覺比之前好上許多，足以輕易地將內心話說出口。

「Phai哥，我想念你。」

他現在想被Phai哥緊緊抱住，然後對他說沒關係。

他從什麼時候開始相信這個男人的話了？

往事應該讓他對愛情有所畏懼，可為什麼他卻阻止不了大個子砸壞自己內心無形的的壁壘，然後在他心中占據一席

之地呢？

這促使他把話說出口。

「Phai哥……你快點過來唷。」

「今天不會有人可以贏我！」

當天色完全暗了下來，地上的燈火比星光還亮的時候，一條白日經常堵車的主要幹道上，如今卻因被許多豪華轎車封了路而顯得空曠，這些車都是為本次競速比賽的冠軍重型機車開道。

這場由有權有勢之人舉辦的市中心封路賽車比賽，在沒有任何警察來找碴的情況下，今天，像Phraphai這樣厲害的賽車手再次贏來了漂亮的勝利。

儘管這場比賽中，任何事物都可以是賭注——無論是金錢、帶來的人，還是尊嚴——不過Phraphai下場比賽卻只為了一件事——爽感。

曾經視為摯愛的興趣，現在已被另一項事物給取代。

「我覺得夠了，今天先回去了。」

Phraphai摘下安全帽，並這樣跟專屬技師Phayu說。

「才半個小時？」

Phayu低頭看了看手錶，驚訝地皺了眉。

「我的心在一個小時前就飛到你學校附近了。」男人毫不掩飾地回答，他眼裡閃爍的幸福，讓Phayu問了一句：

「你第一次跟我說要追Sky時，我不敢相信像你這樣的

人會是認真的。」

「不只是認真而已！」Phraphai笑得很開心，用力拍拍朋友的肩膀，讓他放心。

「別擔心，我不是因為Sky是你的學弟，或者是Rain的好友才這樣說，而是因為我真的很愛我家那一位。」光想到那個要我快點過去的懇求聲，他就要瘋了。要不是他答應了某些人要來，他可能一聽完就跑去找他了。

「我覺得我先走好了。」

越想，就越急著見到人。

「Phai哥，你今天又是最棒的。」

吼！我在趕時間！

在男人離開賽場之前，他就被困住了。

「我覺得還好吧。」Phraphai高興地說，看著Petch的臉，然後掃視四周。

「Gun今天沒來？」

「他沒什麼空。但如果哥想見他，我下次叫他來。」Phraphai揮揮手說不用。他只是禮貌地寒暄一下，沒有特別想見到誰，而且正想著該怎麼跟熱衷與他聊天的人告辭，但……。

「對了，Phai哥，你的男朋友很可愛耶。」

當人講到Sky時，Phraphai就停下了腳步。

「我在IG上看到的，」Petch補充道。這讓大個子笑得睜大眼睛，裡頭閃著光，想起了那個說想他的人。

他或許沒有直播，不過炫耀男友這檔事，Phraphai可是不會輸給誰的。

既然怕有人會來騷擾他家的小孩，Phraphai就上傳了照片宣示所有權，還標示了Sky，不僅如此，他還告訴自己身邊的人，Phraphai已經拔去獠牙，不用再聯絡或打電話來，因為他忙著養自家小孩。甚至還在切割模型時，貼了一張照片，同時在下方說明：

……不浪了，來幫老婆忙……

死Phai覺得，要比這更刻意，大概就得在社群媒體上吻老婆了吧！

當有人稱讚Sky可愛時，Phraphai怎麼能不笑得開心呢？

「哼哼，是超級可愛好不好。」能炫耀老婆，當然要多講一點。

「那你們是怎麼認識的？」

雖然不知道這小子到底為什麼這麼感興趣，但因為本來就知道Petch很欣賞他、每次都找事情來跟他聊天，所以Phraphai也沒有深究，以為只是個聊天的話題，也碰巧他的愛情美滿，早就想說給別人聽了。

「在這個比賽上認識的。第一次見面時，他超冷漠，完全不把我放在眼裡，但一來二去之後，媽的，超可愛！還愛撒嬌。」一想到Sky讓他快點去找他的表情，他就笑得更開了。

「那哥不帶他來這裡一下嗎？」Petch問道。

「我當然希望他來，但看他的意思。那傢伙很努力在念書。」

「哥不想讓他看你比賽的時候嗎？連我都覺得很酷的說。」Petch仍奉承著。於是，Phraphai大笑。

「他真的來了的話，不要來煩他喔！我會吃醋。」先把話說在前頭。

Phraphai開始覺得這小子看起來似乎有點順眼了，所以當Petch跟他要聯絡電話時他也順勢給了出去，不覺得有什麼問題。在這個賽場上，男人也和許多人有不錯的交情，所以來搭訕的人如果聊得來，再多一、兩個也沒什麼大不了。

「那我走了。我有急事。」

要回家抱老婆。

「好，之後見。哥別忘了帶男朋友來炫耀喔。」

Phraphai不太會在意別人的意見，但這一次，他覺得帶Sky來這裡會是個好主意……這樣他家小孩才會知道自家男友有多酷。

哼哼，乾脆下次逼他來算了。

Phraphai沒花太久的時間，就將車開到了學生宿舍停下——他對這裡簡直比自己的公寓更熟悉——然後哼著歌、經過了前門，一步兩梯地走上三樓，接著直接走向走道的盡頭。帥氣的臉上綻放著燦爛的笑容，晶亮的眼睛閃爍著好心

情。這次，就算是Sky要他幫忙做作品，他也保證有力氣堅持到早上。

想念。

一個字詞的威力比核子彈還巨大。

「Sky要給我獎賞喔。」

如果他好好表現、幫忙做事，這樣會得到額外的獎勵嗎？

Phraphai一邊想著，一邊拿起備用鑰匙打開門。既然Sky已經知道他有鑰匙，也沒必要隱瞞了。他自己也拿了公寓的門禁卡，厚著臉皮說是交換。至於，為什麼要自己開門？現在這麼晚，他男朋友可能已經睡了。

沒吃到沒關係，只要能躺進去、抱著溫暖的身體就滿足了。

喔吼！我這麼重欲的人居然有抱著睡就可以滿足的一天。

Phraphai甚至嘲笑自己。難怪他媽那麼喜歡Sky，因為能拴住他。

「我來囉，親愛的。」他輕聲低語。走進房間卻發現只有一張空床，讓他不得不看向緊閉的廁所門。

「Sky，我來了，」他說得比先前更大聲。把車鑰匙扔到桌子上，脫掉鞋子，然後脫掉外套，隨意地放在床上，接著走到衣櫥前，想換上更舒適的衣服。他尋找自己留下的衣服，耳朵也聽到了廁所門打開的聲音。

「Sky吃過東西了嗎？要不要我下去幫你買？」

唰！

突然，一個有力的擁抱出現在他的腰間，同時剛洗完澡、帶有涼意的肌膚也貼上了他的後背。

「怎麼了？今天在跟我撒嬌？」男人打趣著，轉過身去看緊緊抱住自己腰的人，然後心裡嚇了一跳。

他家小孩也會有這樣的表情？

正看著他的人眼睛水汪汪的、雙頰泛紅、嘴脣微張，眼眸中透著渴望，看起來很撩人。

「Phai哥。」

「怎樣？」Phraphai也知道他的聲音在顫抖，興奮得快瘋了。

「你可以抱抱我嗎？」當然，他立刻就抱了。一聽到輕顫的聲音，讓他胸口的那塊肉跳了起來。

「我可以要求點什麼嗎？」

「你想要什麼？」

此時此刻，他什麼都能給。

「我想求你……」Sky抬起眼看他，咬了一下脣，然後輕聲地低喃。

「哥別放開我的手呦。」

那一刻，Phraphai胸口不知道被愛之箭射穿了幾次。

老天保佑！平常的樣子，他就快不行了，他老婆今天是吃了什麼？為什麼能撒嬌撒到讓Phai如此融化？

第二十一章

心有所求

啾——啵——

在眾人正要進入夢鄉的寂靜深夜裡，一處大學生宿舍內，兩個男人正在大床上相擁，炙熱的肉體耳鬢廝磨，交換情欲的碰觸，親吻的聲音迴盪在整個房間裡，交纏在一起的舌頭，猛力喚醒沉睡的慾望，兩張臉交換了無數次的角度，只為了更加親密地貼合在一起。

「Sky……我的小乖……」

「嗯——」

名字的主人輕哼著，身子微微一扭，上方的大個子將他的身體摳得更緊，從浴室裡包裹出來的浴巾不知道去哪裡了，厚實的手掌遊走過赤裸的全身上下，白皙的膚色微微泛起了紅暈，兩頰潮紅，雙眼帶著薄霧。

「Phai哥，啊！」

大手抓住Sky緊實的屁股、用力摳捏時，快感讓Sky逸出了呻吟。深邃的臉埋在脖子上，用舌尖沿喉嚨而下，仰起的頸項為大個子男人開道，使其能夠急切地吸吮喉結那處，鼻尖吸入的體香充滿了肺部。

「我老婆怎麼這麼性感？嗯？」

Phraphai微微抬起頭，露出比以前更紅的帥氣臉龐，重

重地喘著氣，眼睛因強烈的渴望而閃閃發亮，像是隨時都會跳上來啃咬躺在床上的人。Sky也能感覺到桎梏在他下半身的褲子裡的熱度。

「我沒有那麼好看。」

即使他不該感到尷尬、應該習慣這些事情了，Sky卻抬起雙臂遮住了他的臉，但被大個子給拉了開來，將臉伸過來舔舐他的脣瓣，然後用力地蹂躪雙脣直到紅腫。他身體顫抖著，呼吸比先前更重，身體也比以前更熱、也比原先更加想要。

「哈、Phai哥……」

Sky呻吟著，抬起空著的手，摟住了結實的脖子，但是Phraphai卻猴急地推著他再次躺下，然後想粗暴地一次脫去所有衣物的想法從腦中迸了出來，撐起身體、跪坐著，解開身上牛仔褲的釦子。俊朗的臉上被汗水越浸越濕，眼神狂野，劇烈的呼吸使得胸口一陣起伏。

那個畫面讓Sky的心在顫抖，一眼就知道他的熱切。

「我來。」大個子還來不及將褲子從腰上扯下，躺在底下的人就靠了上來，用雙手將褲子退到臀部，熱燙的肉棒彈了出來，差點撞到他距離褲襠不遠的臉。

Sky不經意地舔了嘴，然後聽到高大身軀的低吼聲。

然後，他毫不猶豫立刻用舌尖去追逐熱度，讓男友發出了一句咒罵聲。

「我還沒洗澡，不用這樣也行。」

「沒關係，這是Phai的東西。」如果是Phai的，他不介意。Sky毫不猶豫地用嘴脣磨過整隻肉棒，只聽見撫著他頭的人深吸了一口氣，沒有抓或扯著頭髮，只是輕輕摸著，交替發出滿意的低吟。

　　「我老婆怎麼又可愛又會討好人？嗯？」

　　第一次的時候，他也用嘴巴，但那只是為了讓Phai哥出來。這次卻不一樣，他想滿足Phai哥，是他自己想這麼做的。而且那一次，他身上也沒有這麼熱、這麼想要。嘴脣加快了移動的速度，碰觸了整個火熱，然後將它吃進嘴裡，同時伸出一隻手來加重刺激。

　　Phai哥的呻吟越是加重，他就越記住這是對方喜歡的位置，張開喉嚨將火棒吞到盡頭。同樣的，他嘴裡的火熱肉棒也將熱度傳到了他的重要部位，紅腫的嘴脣移動得更快，瞥了一眼那張喘著粗氣的深邃臉龐。

　　更多、想要做更多、想讓Phai哥……喜歡他。

　　「夠了，Sky。夠了！」但突然間，Phraphai發出了嚴厲的聲音，推著他的肩膀，讓他只能用仰頭代替詢問，心也掉在腳邊。

　　對Phraphai用指尖溫柔地擦拭他嘴巴的舉動，露出了不確定的表情。

　　「我差點就去了。」大個子毫不遮掩地坦白，然後再次與他交疊在一起，湊上臉去想要接吻。

　　「等一下，我剛才……」

「Sky都不介意了，那我介意自己的東西幹嘛？」說完，火辣撩人的吻又落了下來，比原本更加熱切，強行掃走每一滴的甜蜜，直到呻吟聲從他的喉嚨裡逸出。大手也撫過整個白皙的後背，然後再討好地回來碰觸敏感點。

「喜歡我的東西？很稠喔？」

「唔！……因為是你的……就因為是你的。」在令人幾乎昏倒的熱度中Sky低聲回答。身體投入一個有力的擁抱中，想說給對方知道，他有多想要Phai哥。耳邊響起了奮力的低咒。

即使Phraphai大聲低咒，但動作卻更溫柔、更甜蜜，溫熱的嘴唇在肩膀上碎吻、啃咬到足以留下痕跡，然後覆在柔軟的乳頭上，讓Sky發出最大的呻吟、後背弓起，握著的手差點將枕頭套扯下來。

「再一次、Phai哥，再……我好舒服……啊！……好爽！」

當他忍不住叫喊，溫熱的嘴唇覆了上去、用舌尖愛撫著，氣喘吁吁到寒毛豎起，另一隻手用力捏著下顎，導致承受的人差點喘不過氣。

「呼！……哈，哥……再一次，喜歡，我喜歡那裡。」

「該死！我再也受不了了！」Phai哥低聲說道。他拉開雙腿，接著……

「這！」

然後帶著震驚的表情退了出來。躺在床上的人張開雙

腳、喘氣喘到身體起伏，扭過頭來對上眼，用嘶啞的聲音說：

「剛才……我準備過了……放進去……」Sky吞了口水，然後說出最需要的事情。

「我……想快點感覺到哥。」

Sky不只是洗澡，還替自己準備好了。現在那裡又濕又飢渴，等待著灼熱將它塞滿。Phai哥只不過將手指壓了進去，他就快要瘋了。

「Phai哥……我要……」

唰！

突然間，Sky被拉起來、雙腳大開地坐到大腿上，從後腦勺被壓下來接受熱吻輾壓可愛的嘴脣。另一隻大手抓著肉棒，在狹窄的通道上磨蹭。男孩嚇了一跳，但毫不猶豫地慢慢坐了下來，讓火熱的肉棒猛烈地將他填滿，喉嚨裡發出陣陣的呻吟聲，並將Phai哥的脖子摟得越緊。

「呵、哈、哈！」

光是Phai哥一進到最裡面，他就快要不行了。

Sky看了Phraphai的眼睛一下，然後閉上眼，再次接受了侵略性的吻。與此同時，那高大的身軀開始動了起來，他也將臀部提起，為了再次下壓承受。有些異樣的痛楚，但是很爽，所有事情都隨著生物本能，像是知道如何讓對方最舒服一樣，直到肉體碰撞聲音響起，配合著嘴巴交換蜜津的聲音。

「啊！Phai哥、舒、舒服嗎？」

「最棒了！」

Sky向後倒，雙手撐在床上，更用力地移動著臀部，然後當Phraphai抓住敏感點並同時掃過它時，叫到差點窒息，頭也來回地晃動，

眼眶中泛起淚水，同時溫度正在升高，然後……

「啊!!!」Sky只好緊緊抓住床單。他再次被推倒在床上，一隻腿被抬了起來，讓滿身汗水的大個子以狂野的節奏抽插，直到淫蕩的聲音在四周響起。

「Phai哥、Phai哥……」Sky只能不停地喊著對方。Phraphai拉住他的手，緊緊握住。低下身窩在他的頸項，突然塞了進去，令人不得不瞪大眼睛。

「我的！Sky是我的！」

「哈！呵、哈！我……是Phai哥的……是Phai哥的。」

他回覆著，同時傾身去吻另一個人。大個子忽然用力插了進去，他開始扭動著身體，床墊響起了伊伊啊啊的聲音，顯示了床上的人有多麼激烈。沒過多久，Sky就釋放了他的慾望，濁液弄得到處都是。

在令人窒息的幸福中，男孩聽到耳邊的低語，那是最甜蜜、最愉快、最溫柔的話語。

「愛你，Sky是我的。」

「嗯。」他只能用雀躍的心接受。

「Phai哥不用，我等下自己來。」

Phraphai也不確定他做了幾回，肯定是最後一次讓他的腳失去力氣，攤在男友的身上好一會兒才回復正常呼吸、又喚回了一些力量。他敢說，以前可沒有人像這次一樣讓他結束得這麼猛烈。

　　回復力氣之後，男人立刻起身去拿了一塊濕毛巾，回到全身泛紅、連移動都沒有力氣的人身旁，然後在不太認真的抗議聲中，分開了對方的腳。

　　他還是不太有力氣，Sky應該更糟。

　　「我幫你。嘿！腿不要合上！」Phraphai輕輕拍了拍他的屁股。憋笑的聲音讓男孩再次打開腳、閉上了眼睛，整個人像粥一樣癱軟。

　　就算Phai沒把人做到失去意識，但也好到讓對方無力起身了！

　　輕輕擦著身體、做乾淨的人這樣想著。他去洗了一回毛巾，然後回來愛憐地擦著這個被他的愛液弄髒的身體。他發誓Sky是第一個也是唯一一個讓他做到這種程度的人。

　　「我說，我應該從那一次就愛上你了，所以才願意來幫病人擦身體。」

　　「不是因為Phai哥是個變態嗎？」

　　太累（又或者是太害羞）的人閉著眼睛回嗆，而他則笑得更開心。

　　「變態這個我不否認，但我這種人可不太會什麼也沒做、只有擦身體而已。Phleng跟Phan都說我擅長講好聽話，

但不太會照顧別人。我說呢，這不是因為我不柔軟，而是還沒有找到一個真正想要關心的人。」Phraphai沒有在講甜言蜜語，而是真的那樣覺得。不信的話，就去問問他的弟弟妹妹。

他只會把人吃乾抹淨，可不會照顧人。但只有這個人，他覺得放心不下。

他曾經完事後幫任何人擦身體、做清潔嗎？他可以告訴你，他只有幫Sky這樣做過。

「要不要穿衣服？」

「嗯，不穿的話，你等下又要來一次。」聽的人放聲大笑。就溫溫的身軀和赤裸的肌膚太值得撫摸啊，哪裡錯了？但他還是願意起身、去衣櫃拿衣服出來給他。也不為什麼，Sky快要考試了，裸睡等下生病的話，他會擔心死。

接著，Phraphai把毛巾拿去晾乾，很快沖了澡，然後再回來時，就像往常一樣掃視過工作桌。

「有什麼要我幫你的？看樣子，我今晚是睡不著了。」

老婆這麼可愛，太令人滿足了。

另一方面是Phraphai看到了一個已經搭好骨架的模型，所以主動開口詢問。他敢說自己現在很厲害了，不只是可以幫助他老婆裁模型，連坐下來算算用具及材料的費用也可以，不知不覺就做得比每次都要頭痛的Sky還要好。

「不用，這個我想自己做。」男孩睜開眼睛，大聲搶過話。

「為什麼？」聽者轉過去對上眼。也不知道是不是自己想太多，Sky似乎臉紅了，有點尷尬。他打算走過去、看了一下放在那的平面圖，但……

「我……我比較想抱著你睡覺。」

我迅速轉身回到床上。

深邃的眼睛看著那張泛紅的臉，穿好衣服的人正努力避開他的目光。知道那是害羞，也知道每當Sky真正需要什麼時，都不願意直接講出來。他這才願意走去關燈，然後躺回床上，在黑暗中看向比平常僵硬一些的溫暖的身體。

太可愛了，就連很防備這點也沒變。

Phraphai想笑，他也想把人拉過來抱抱或親親，但害怕火會再次點燃。剛才就已經看到他老婆有多累了，連把他擦身體的手撥掉的力氣都沒有，於是他抓住柔軟的手，拉過來用力吻了一下，把今天的事情講給對方聽。

「你知道今天沒有人能打敗我嗎？贏了差不多七十萬的錢，都要歸功於Sky。一想到Sky想念我，我就被激勵了，任誰都贏不過我。對了，這筆錢全都給Sky好不好？」Phraphai溫柔地說。他是為了爽而去比賽的，但對手下注了啊。賭那麼大，也不知道是哪來的信心，也許是還沒來過幾次，所以不知道他是誰吧。

「等你考完就去看我比賽。」Phraphai想起了和另一個後輩的對話，然後發現自己很想讓老婆去現場觀戰。

保證能給他滿滿的信心。

「我一點都不想要你的錢。」

他知道，但他想給啊！Phraphai其實也不太在意從比賽裡賺到的錢，反正大多都還是拿去用在車子上頭。

「那我們一起去玩？我聽說這學期結束後，Phayu要帶Rain去玩，我們也去？」男人熱情的提議，還在白皙的手上用力的吻了一下。

「我哪也不想去。」Sky依舊拒絕。

「但我想對你好。」這男人溫柔地說。那讓男孩移動身體靠了過來，直到兩人黏在一起，透過體溫傳遞彼此的喜歡。

「那Sky想要什麼？」Phraphai開門見山地問。要把自己送給他也可以，不過Sky大概會說他礙手礙腳……有這種嘴硬的老婆，就得猜測一下心思囉。

但是……。

有著一頭柔軟髮絲的頭抬了起來，不太肯定地靠在他的胸前，同時把自己推入他懷抱的男孩用顫抖的聲音說：

「哥。」

「怎麼了!?」他聽不太清楚，只好重複問，低下頭，用習慣黑暗的視線看著乞求的雙眼（如果他沒有想太多的話）。

「只要……只要你在我身邊就夠了。」

喀！

聽的人僵住了，但躺在他胸前的人正挪著身體、磨蹭著

他的胸口，為自己找一個舒適的角度，然後停在窩進肩膀的姿勢，將柔軟的身子往他身上一靠，讓胸口的主人差點心臟病發作，瞪著眼睛，沒想到自己會遇到這麼可愛的人！

對，他知道Sky是個愛撒嬌但又不太敢說的小孩，這聽起來很矛盾吧？但他很喜歡每次都得觀察自己才能發現對方撒嬌這件事，但這一次……撒嬌得很直接。窩著他、回抓他的手的舉動，還是讓這經驗豐富的男人不知所措，就連回抱對方也不敢，因為害怕幸福會消失不見。

他想要被Sky這樣撒嬌啦。如果做錯了下一步，這人會又逃走嗎？

「我……我能不能抱抱你？」一直都隨心所欲的厚臉皮遲疑地問。

男孩只點了一次頭，他就摟過對方、緊緊地抱住，在太陽穴上落下好幾個吻。要不是顧慮到剛才做太過了，他還有力氣再來個兩三輪喔！

「吼！我親愛的老婆這麼可愛，我會不會哪天心臟病發作死掉啊？」

「我才不可愛。」不知道自己可愛的人還在爭著，但這點Phraphai很確定。

他那自以為宇宙可愛的弟弟，連他老婆的一咪咪都比不上！

「可不可愛，就讓我證實給你看！」

這次，可說是哪也去不了了。

「喂——！這件作品，我很認真耶。如果教授跟問Six那樣問我，來唸建築系幹嘛？我該怎麼回答他才好？」

「Rain，這是期末作品，教授不會問了啦。如果要問的話，他就會讓下學期的教授問你了。調適好去聽點評吧！」

然後就到學期末了。其他系的學生不得不每日每夜埋首於書籍裡，而平常熬夜熬慣的建築系的學生反而舒服多了，因為大部分的作業都是手做的作品，進教室的考試反而輕鬆，但交了作品、去聽這學期的期末點評時，也一樣很令人緊張。就是今天，他正跟Rain坐著等候。

上個學期只是一棟小房子加沒幾棵樹，不過這個學期增加的凶狠程度是大一望塵莫及的。他自己也和Rain一樣，為這件作品盡心盡力到死，可不僅僅是為了分數，而是他想拿給某個人看。

不管教授會怎麼說，Sky認為他已經盡力做到最好了。

所以，現在他的心不在教授身上，而是在某個人身上，為了專注在考試及作品，他們已經有兩周沒有見面了。但這一次與上次躲人的情況不同，在其他同學抱怨沒時間給另一半時，他每天晚上總有時間打電話和Phai哥聊天。

如果Phai哥跑來送飯都不覺得累，那短短幾分鐘，Sky怎麼就不能給男朋友呢？而且這還沒算上……他也一樣黏Phai哥。

想念他，也想見他。

「活下來了！Sky，今晚一起去狂歡！」

「你要去見老公就直說。」

Rain一看到分數就笑容燦爛、滿意得很，跑過來抱住了他的脖子，興高采烈地問，讓人不得不損他幾句。這也讓嬌小的友人嘟了嘟嘴。

「好啦，直說要去找Phayu哥也可以。」

之前還不敢說，怕會被笑，但Rain現在有進步了。

Sky也知道Phai哥今晚有比賽，因為昨晚有說過，比賽從周五改到平常日，而他也給過了祝福。原本難過今晚大概見不到面，畢竟每當比賽結束時，都已經快兩三點了。Phai哥明天還要上班，所以他再晚一天來找他也行，不過既然好友約了……。

「我去好嗎？」原以為自己不會再去那場比賽的人十分猶豫。

他不在乎汽車、金錢還是什麼賭注，只是想快點見面而已。

「走走走，去跟我作伴。好嘛～ Rain，好啦～你跟我去嘛……我們可以先跟那群人去慶祝，順道回宿舍洗個澡再去。現在我知道保全了，比賽的主辦人我也認識，我可以帶你進去。我敢保證，別擔心，肯定沒有人敢惹你的。」Rain帶著期待、用力晃著手臂，直到聽者自己心軟。

不是因為他心軟，而是為了另外一個人。

「你看你看，你不用告訴Phai哥，我也不告訴Phayu哥。我們去給他們一個驚喜怎麼樣？」好友仍晃著他的手臂，直

到他慢慢點了頭。

「好吧，我和你一起去。」

「這樣才對嘛，我親愛的朋友！」

Rain笑得燦爛，至於那個像是被逼的人也笑得很開心。

不是覺得朋友可愛，而是因為……想見另外那個人。

市中心的賽車場還是跟Sky上次來時一樣，雖然是不同的道路，但還是有建築工人擋住了去路，表示前面正在修路，讓深夜的用路人迴轉、改去使用其他道路，用來掩飾道路已經被改造成有錢人的賽車場的事實。

Warain開著車、停在工人面前，打開窗戶，給了對方一個大大的微笑。

「您好。今天看起來有點累唷。」

「喔，是Rain，好幾個月沒看到你了。進去吧。」

上一次，他還躲著那些保全，現在卻連擋路的工人都認識了。

Sky看著開車進夫的朋友，一邊這樣想著。面前看到許多豪華轎車停成一排，兩台大型貨櫃車並排停靠，並已經打開露出裡頭裝載的賽車，就如同真正的比賽一樣，等待被挑選。Rain把車停在了車尾，然後興高采烈地解開安全帶。

「走吧，我帶你去看看。」

聽的人不禁笑了出來。他還記得Rain被Phayu學長扛走丟上車的畫面咧！

「好啦，你已經是地頭蛇囉。」

「不，我是技師的老婆。」Rain滿嘴回答，順道跟保全打過招呼說Sky是他的朋友後，他們就輕易地進入了這場激烈的賽事，引擎的轟鳴聲響起，聊天嬉鬧的聲音也從四面八方傳來，Sky自己也才剛有時間把這個地方探清楚。

他不奇怪Rain為什麼會擔心他沒有來的時候了。他到底怎麼比得上那裡的人啊？

男孩低頭看著自己的長褲和普通的T-shirt，心想這一點都無法跟賽場中的人做比較。

「走吧，我看到Phayu哥了。」但他沒有太多時間思考，好友抓住了他的手臂，走到停了一排重機還有幾個穿著工作服技師的地方。

然後將自己與他人比較的想法立即消失了，當……

「Sky!!!」

不僅僅是呼喚他的名字，還有一個強有力的擁抱緊緊地抱著他、將他拉向寬闊的胸膛，他不得不抬起頭，然後看到了……一頂安全帽。

「是我。」

大個子將酷酷的安全帽面罩往上推，雖然沒看到臉，但從聲音中，Sky也知道是誰。當Phai哥把面罩推上去時，他還看到了他眼中的狡黠神色，看得出對方笑得有多開。對方眼睛閃閃發亮地緊抱住他，一臉的驚訝和欣喜。

「你來之前怎麼不告訴我？我可以去接你。吼！想死你

了！Sky今天說不用去找你的時候，我差點要死了。老婆！我的老婆！」不只是說，還把頭靠在了他的肩膀上、用安全帽頂著他的臉頰。但Sky不介意，他自己都忘我地回抱了。

「哥，人很多。」

「去他的人很多。我的動力源來了。」大個子毫不掩飾地說，把他抱到雙腿幾乎離地⋯⋯Sky偷偷地笑了。

還好決定要來。

「你怎麼進來的？」Phraphai突然想到地問，擔憂地環顧著四周。

「Rain帶我來的。」Sky說來讓他安心。他從好友口中得知，這場比賽需要有人帶進來。那讓大個子癟了嘴，有點委屈地說：

「朋友邀就來，我約你卻不肯來。」

「不，不是因為Rain。」也許是因為Phai哥太高興了，於是嘴硬的人也輕易就說出口。

「而是因為我想你。」

就這樣，厲害的賽車手笑到眼睛完全瞇起來。

「好，這樣我認了。過來，親我一下。」

「在這裡吻，我會揍你。」

「親臉頰也可以。」

一遇上這厚臉皮的人，Sky也真的忍不住笑意。

「嘿！這是誰呀？介紹一下。」

「關你屁事，這是我們夫妻的事。」

「就你從來沒有帶人來過這個比賽啊。可以介紹了，我們想認識。」

沒多久，Sky就相信Phai哥是名人了。因為他們才聊了一會兒，就遇上一群人將他們圍住，發出揶揄聲，毫不掩飾想知道、想認識的樣子。大個子自己把手搭在肩膀上，拉開安全帽，大聲宣布：

「這是我男朋友，別打擾，別碰，因為我會吃醋。」

「哎喲！Phai有男朋友了。」

「嘖！你這種人耶。」

隨之而來的是四周的歡呼聲，他也頭暈目眩。

但Sky仍然是那個很能控制自己情緒的Sky，很快就冷靜下來，淺淺的微笑，謹慎作答，回到平時值得信賴的副班代模樣。雖然如此冷靜，但那是因為大手將他摟在身邊，這才讓他意外地能輕鬆應對新環境。

「Phai，該你準備了，跟我來。」

直到Saifa（在去修車廠那天認識的）大喊，Phraphai才把他帶去託給Phayu學長，交代得一臉緊張，害他差點笑出聲來。

「幫我照顧好，我很在乎這個人。」

「好啦好啦，你是要過去了沒有？浪費時間。」Phayu學長開口趕人。

「要幫我看著喔！不要只顧著你老婆。還有，Sky，不用與其他任何人聊天，有人問什麼都不必回答，只要說你是

我的男朋友就夠了。」

「這樣我是要答還是不答？」Sky回嘴，直到那個人瞇起眼。

「就說你是我男朋友就夠了。其他的你不用管。」

Phraphai看樣子是真的是哪裡都不想去，直到Saifa哥過來拖著衣服的後頸，他才放開站在那裡笑的男孩。

儘管Sky對賽車一無所知，也見過Phai哥騎重機無數次，但或許是因為周遭的氣氛，讓他覺得那台帥車上的傢伙看起來更帥。他的嘴角更加上揚，心也在顫抖，手在褲兜里摸索著。

「Rain，跟你借一下車鑰匙。我把手機忘在車上了。」剛要拿起手機拍照，卻發現不在，只好大聲告訴好友，Warain也遞了過來。

「要陪你去嗎？」

「不用，一段路而已。」

「可是Phai哥……」

「我又不是三歲小孩。」Sky打趣道，然後又走了原路回去，但他一走過監視器的櫃子，他突然很想成為一個三歲的孩子。

「嗨，Sky。」

擋在他面前的男人，眼熟到讓他愣住了。

路燈的光線反射出眉尾穿的環。

「Gun哥……」

那人的目光掃過他全身上下，然後裂嘴一笑。那個笑容是Sky曾經覺得很迷人，但是現在卻覺得可怕。

「好久不見，看起來……比以前更有魅力囉。」

現在他想變成一個三歲小孩，大聲呼叫Phai哥。

惡夢……再次回到了眼前。

第二十二章

惡夢又回來了

「Phai哥！哥太強了！」

「很一般啦。」

Phraphai對自己領先競爭對手，駕駛一輛高性能賽車率先衝向終點線並不訝異，雖然那方的引擎更強大，但或許是他本來技術就很好，又或者是收到鼓勵的緣故。但可以肯定的是，當男子拿掉被汗水浸溼的安全帽、撥著汗濕的頭髮時，好看到周遭的女孩都在看他。但他並不感興趣，他看向男友的所在位置，但在視線遇到Sky或Rain之前，Petch這個小子就衝到了他的面前，讚歎的叫著，眼中閃爍著光芒。

他怎麼不知道這是在「拍」他？

男人知道，但最近這陣子，他自己開始跟這小子變得親近，或許是因為他拍對了馬屁。每個讚美他的人都在說同樣的話，但當那小子用羨慕的眼神提到Sky，說Phraphai的眼光好，還有Sky也很幸運。於是，他就讓那小子進入比認識的人還要近好幾層的半徑內了。

現在已經熟到他滿口都用「Gu」自稱了。

「哥哪裡一般了？對方連一點灰塵都看不到。酷斃了！這次結束之後，我一定可以得到很多錢。」

「說的好像你很缺錢一樣。」Phraphai開玩笑地說。參

加這場比賽的人是沒有人在缺錢的，大家都心知肚明這裡是拿錢來下注的，如果在輸的時候沒能力付錢，那主辦人一定會讓那個人更加悽慘。

「也不是，只是想要Phai哥對我這個小弟仁慈一點。」Petch期待地抬起頭。

「對不起，我有老婆了。」

「我不是指那個，呃，但我是那邊那個。」

「你搞什麼鬼？」Phraphai笑著說，他看得出來這小子想要的不是上床或是錢。這讓年輕點的男人露出了狡點的臉，靠近一點、舉手勾住了Phraphai的脖子，向另個方向點點頭，讓人不得不跟著看向那個正在對他拋媚眼的大胸美女。

「哥看到了嗎？我想要。」

「跟我講幹嘛？」現在他不浪了，只用在Sky一個人身上。

Petch用興奮的語氣悄聲回答這個問題。

「就那女人說，如果我能帶他進Phai哥的房，她就願意讓我『嗯！』。」

「所以你才來跟我裝熟？」Phraphai知道這小子別有目的，而現在才明白那小子拚命拍他馬屁是想得到什麼。

「好啦，Phai哥。把你房間借我一下，那個你用來帶妹回去的房間。女生之間也不知道怎麼傳的，會彼此比較誰去過哥的房裡了。所以如果我要得到這個人，就必須用帶她

去你房裡交換。拜託啦，我做完後，會找人來清理的。我們不是兄弟嗎？幫幫Petch這個小弟啦。」Phraphai沒有同情，只覺得煩。

「我好熱，你能不能放開我？」

「好嘛，Phai哥——！一個晚上就好，明天就把鑰匙還給你。」這小子糾纏個不停，讓Phraphai瞇起了眼睛，在思考做這樣的決定好不好。

「死Phai，你還有比賽吧？車子都準備好了。」Saifa走過來拍拍他的肩膀，盯著Petch的臉，眼中滿是疑惑。

「拜託啦，Phai哥，我可以拜你。」然而Petch那小子仍不願離去，更用力地搖著他的手臂，直到Phraphai翻了白眼。

「好啦好啦。」最後，他轉向了Saifa，拿過在比賽時寄放的東西，翻了一會兒，掏出房卡遞了出去。

「但如果你在我的房間裡做任何違法的事情，我會殺了你。」

「謝謝Phai哥。我保證會用完馬上歸還！」Petch笑得燦爛，滿意地抬手行了一個拜禮，親吻著房卡，那副模樣讓Phraphai覺得拿回房卡時就要把它折斷、換一張新的。不過，在那小子走去找想要的女人之前，Phraphai突然想起了一件事。

「別碰餐桌！連指尖也不准碰。如果你硬要在那張桌子上做什麼，我也要殺了你！」那可是他第一次聽到Sky說

屬於他的聖物。如果他們在上面玩了什麼，他保證會殺上門去。雖然Petch不太理解餐桌是很神聖還怎樣，但還是點了點頭。

「沒問題，不會碰餐桌的。」

那小子開心地應了聲，再次親吻手中的房卡，然後走去找那個女人。

「給他好嗎？我不太喜歡他那張臉。」

「那你以為我就喜歡？」Phraphai回答。將東西扔給Saifa幫助收好後，眼睛頓時亮了起來。

「我只是在等著看那小子想玩什麼把戲。我是瘋，但不是傻，怎麼可能沒看到那狡猾的眼神？我會注意他想幹什麼。如果他拿我的房間去嗑藥，我會把他扔進監獄裡。現在就先不管。如果他沒捅出什麼簍子，我就裝沒事。」他嚴肅地告訴朋友。

Phraphai認識的人很多，只是一個來裝熟的小鬼，他怎麼會沒發現？他看到了，但他等著看對方到底想要什麼。

「嗯，不信就好。從他跟他朋友常來之後，我就覺得怪怪的，比賽也不下場、賭注也不下，也不見他們對車有興趣，彷彿是特意來跟你套近乎的。」Saifa分享了他的看法。他們兩個人已經消失好久了，突然又回來總是不太正常。要說他疑心病也好，不過他就是不喜歡那些人。

「嗯，明天再說。我也想去看看我的房間他媽的會發生什麼事。」Phraphai點點頭，然後走回車上。雖然他想展示

勝利給Sky看，但因為Saifa拍了他的肩膀說往下還有比賽，他也就集中精神在比賽上了。無論如何，他都不想因太興奮而在老婆面前輸掉。

他今晚的勝利，全都要獻給Sky。

真的！如果Sky不想出去玩，那這個假期裡，他就陪Sky回華富里府，以女婿的身分去拜訪一下。

Phraphai從一開始被人打斷而變差的心情，現在好多了，因為他不會忘記老婆說學期結束了，也就是說今晚的慶祝方式是「騎」……啊！是緊抱老婆到天亮，反正建築師們都「早」睡了，今晚先做別的事情也可以。

唉！我可以不比了嗎？

這一次，Phraphai這個曾把賽車放在第一位的人確切理解到，在他的心中，他已經視Sky高於一切。

應該的，不是嗎？既然天空在地面之上，那麼Sky對他也 樣高於一切。

現在Phraphai不想要勝利了，但他真的很想得到那片天空。

哼哼，這還真是出乎他意料啊。

「Gun哥，真的好巧。」

Sky或許會被嚇得僵直，但不到一分鐘，男孩就將恐懼吞了回去，升起多年來保護自己的保護罩，微笑著反問。他的臉色如常，彷彿沒有必要去見一個讓他的心靈受到重創的

男人。

另一方的動作也有明顯的驚訝。

「就是，我們好久不見，Sky都敢這樣看哥了。」

原本是一個仰望著他、什麼都會接受的小男孩，但Sky現在正用冰冷的眼神看著他。

「我怎麼看都不關哥的事。」Sky冷冷地說道。雖然感覺自己站的地方隨時都可能會崩塌，但他依舊堅定。那或許是因為他知道在貨櫃車不遠處，正有個能夠保護他的男人在那比賽。

Phai哥就在那裡，你不需要害怕。Phai哥不會讓任何人傷害你的。

Sky安慰著自己，面無表情地望著對方，掩飾那個惡夢至今仍困擾著他的事實，而正是這個眼神，讓那對的目光從驚訝轉變成了滿意。

「還以為玩壞了，但Phai哥居然把你修得比之前更好。」

之前，Sky假裝不在意，但是現在，當他聽到另一個男人的名字時，臉色卻變得蒼白。

這個混蛋在說他認識Phai哥對吧？

雖然那次的事情過去很久了，雖然他告訴Phai哥總有一天會告訴他，但Sky知道他永遠不會將那場惡夢告訴他的男朋友。Phai哥知道了會怎麼想？看他被這樣被踩躪會覺得有多髒？雖然心裡認為Phai哥不可能說他壞話，但也不

能保證對方會接受自己的男朋友曾經同時跟三個男人上床。

「我是什麼樣子都與你無關。」不過，男孩還是控制住了自己的理智。用平靜的聲音說著，表現得好像兩人不曾有過任何關係，但這無法抹去另一個男人的笑容。

對方似乎很滿意，也很感興趣，那讓Sky的身體抖得更兇了。

不對！Sky，你在怕這個混蛋什麼？

「如果哥沒事的話，那我就告辭了。」說完，他就想要閃躲。

啪！

但Gun移過來擋住了去路，使他不得不抬頭看著對方的眼睛，不過他盯著的是眉尾上曾認為超酷的銀環，無法直視那雙之前盯著他被輪姦的眼睛，唯有平靜的表情是Sky仍有信心可以做到的。

「一成為Phai哥的人，就開始有自信了嘛！」

「我為什麼不能有自信？」

「別忘了，我是告訴你賽車場位置的人。」

Sky握緊了拳頭，看著那個一副知道世界上所有事情的人，但他不能軟弱，不能讓任何人利用他，於是睜大眼睛、用更沉的聲音開口說話，而Sky也意識到自己更生氣了。

「用你過去對我做的混帳事情換的！」

「……」

臉上的笑容消失了，但取而代之的是笑聲。

Gun大笑了起來，帶回讓Sky幾乎崩潰的殘酷回憶。

那個人對他從來沒有什麼感覺，只是將他的抵抗看作是有趣的玩具！為什麼你會傻到看不出來啊，Sky！

如果Sky可以回到過去，他會告訴過去的自己要睜大眼睛、不要沉迷於虛假的善意、不要沉醉於根本不存在的混帳愛情裡，明明對方從未愛過他、從來沒有關心過他，也從來沒有給過他任何東西，他只是在欺騙自己，想要有人可以接受喜歡男生的他、想要被父母忽略的愛。

「笑夠了沒？」

Sky咬著牙問，臉色蒼白。對方的臉湊了過來，距離近到讓他嚇了一跳，然後用他曾喜歡的眼睛、曾痴迷的臉，以及曾用來下所有他接受的命令的嗓音問道⋯⋯

「你以為，他真的會對你認真嗎？Sky。」

不要喊我的名字！

男孩在腦子裡大叫，但他抿著嘴、一句話也沒說，因為腦海中正在思考對方的問題⋯⋯Phai哥真的會對他認真嗎？

又一次，恐懼在他心中蔓延。

「我非常了解Phai哥，他的個性跟我其實滿像的，你知道嗎⋯⋯」

「不一樣！Phai哥沒有像你那麼禽獸！」

原以為自己可以冷漠的人，只因對方提及在賽場上的人而被激怒了。他不知道這麼多的怒火是哪裡來的，大喊著

打斷 Gun 要說的話，那個人即將告訴他 Phai 哥跟他一樣，但他不想聽，也不想知道——因為事實上，男孩也曾以為 Phai 哥和這個人是同一類人、Phai 哥也是遊戲人間，還有他只個半路經過的玩具——所以他一直都很害怕、害怕一切都再重演一遍、害怕 Phai 哥來騙他，但不是這樣的對吧？ Phai 哥不像那個人一樣欺騙他！

「對不起，我沒空跟你聊天。」儘管一直都能控制自己的理智，但是現在 Sky 的手明顯在顫抖。

光想 Phai 哥像這個站在他面前的混蛋一樣，他的心就顫抖到令人恐懼。雖然大腦說不可能是那樣，但曾被折磨傷害的身心已經築起了一道屏障，為了讓它不再受傷。

Sky 正表現出害怕 Phai 哥會欺騙他的模樣，而面前的人當然不會沒看見。

「好，以後再說吧。我跟 Phai 哥很要好，總是會再見面的。」Gun 主動退了一步，輕易就放過的態度顯得很奇怪，但 Sky 已經不在乎了，男孩急忙邁出一大步，解鎖汽車、抓好自己的手機，然後才意識到——他全身顫抖。

要不是顧慮到自己還在另個男人的視線之中，他一定會癱倒在座椅上、害怕地抱住自己，但 Sky 只是把手機放在口袋裡，鎖上車，從 Gun 身邊走過，直接去尋找好友，但是……

「我教過你，太認真的話很無聊……更何況沒有人會對 Sky 認真吧。」

當他經過的時候，另一方忍著笑意、開口說道。這讓

Sky握緊拳頭、腳步加快，盡快回去找Warain。大腦也大聲地爭論起來。

不！Phai哥不是那種人，Phai很照顧你、沒有傷害過你！

可另一個聲音隨之而來。

但那個禽獸也曾經對你很好，然後就傷害了你，對吧？你認為你能征服一個花心的男人嗎？你覺得他真的愛你嗎？全都發生過了，但你怎麼還是不怕!!!

男孩將他的手緊緊地握在胸前，感覺喘不過氣。

不！Phai哥沒有騙你，也沒有玩弄你。不對，不可能！和你一起玩，不，不可能！

他不只是頭疼，眼前所見的景象也都是模糊的，壓力大到差點把和朋友一起吃的晚飯都吐出來，但Sky還是有意識地走去找Warain，臉色比紙還要蒼白。

「Rain。」

「嘿！你去哪去了這麼久？我都要跟去找你了……你怎麼了!?」當他的手拍在好友的肩膀時，Rain轉過身來，露出一個愉快的笑容，但那笑容瞬間消失，取而代之的是震驚。

「你臉也太蒼白了吧！」

「沒有，沒什麼。」Sky沒有告訴他的朋友，也不敢說，害怕連朋友都覺得他很髒，只好趕緊說：

「我先回去喔，感覺不太舒服。」

「有沒有怎樣？下一條路有醫院，我陪你去。」

「不用不用，我只是沒睡夠。對啊，你也知道嘛，一不用做要交的作品就放心下來了。我昨晚沒睡夠，現在睏得要死，我只是要回宿舍睡覺。」Sky說得很快，因為想盡快離開這裡，雖然他的眼睛瞥了一眼馬路的另一邊，然後看到Phai哥和一個他⋯⋯似乎見過的人在說話。

哇！

『死Gun，你把你家寶貝訓練得太好了！那裡超會咬又超緊！』

唰！

回憶一閃而過。那個在他身上舔著嘴脣的表情，讓Sky死死抓住了他朋友的肩膀，全身都僵住了。

「Sky，你確定不想去醫院？」他用盡全身力氣才將目光收回來，放到Rain的身上，渾身顫抖得厲害。

「那我送你。」

「不用，我等下⋯⋯」

「沒關係，是我帶你來的，就得帶你回去。等我一下，我去跟Phayu哥說一聲。」

Sky也不知道這麼晚了自己怎麼回宿舍，但也來不及拒絕了跑去大技師報告的好友了，只能低頭看著自己的腳，雙手緊握、讓自己平靜下來，不過Sky還是忍不住去看那高大身影的視線。

他看得見Phai哥，可不知道Phai哥能不能看見他。其

實，看見Phai哥和Gun那混蛋的朋友聊得那麼親近，就讓Sky全身發麻。

不，只是湊巧而已。剛認識而已。沒關係，沒什麼。

「Sky，走吧。我已經告訴Phayu哥了。」Rain跑了回來，他才收回看著那個朋友的視線。

「謝謝。」

「謝什麼？只是去送你而已，你幫我的還少嗎？」Rain打趣道，然後領著他回到車上。Sky轉頭看了Phai哥一眼，躊躇著要不要去告訴對方？但他的身體命令他離開這裡、跟著好友，盡快退出這個會場。他迅速跳上車。

「Rain！」

Sky回到車裡靜靜地坐著，不理會轉身應付叫喚的好友。他忍不住畏懼地掃視周遭，就算前男友已經不在附近了，他還是全身都在顫抖。

「抱歉，被人叫住了。」車主坐到駕駛座，發動引擎，然後換檔。

「Sky，Phai哥的公寓怎麼去啊？」

「公寓？」Sky轉頭疑惑的看著司機，而他的好友則慢慢地點了頭。

「對啊，剛才叫住我的哥，就是值班保全。他說，Phai哥讓你在公寓等他。你要去Phai哥的公寓睡，還是要回宿舍？」聞言的人安靜了一下，明明胸口一直因恐懼而怦怦直跳的心突然平靜了下來。

Phai 哥也看到他有些異常，對吧？

「去公寓也可以。」男孩的心裡比之前更感動了一些，然後替朋友指路。

Phai 哥才不像你！Phai 哥是真的對我很用心，不是假裝的！不像你這種禽獸！

Sky 閉上眼睛，深吸一口氣，為自己加油。儘管外表很平靜，但內心還和原先一樣不安，而他正想知道，Phai 哥跟 Gun 那混蛋的朋友聊了什麼，可對大個子敞開心門的心卻安慰說：不要緊，只是在比賽中認識的人而已。Phai 哥不像他們。雖然大腦……仍在爭論他們的不同之處。

他一直沉浸在自己的思緒中，直到抵達 Phraphai 曾經帶他來的公寓。

「要我陪你嗎？」

「不用啦，你回去找 Phayu 學長吧！謝謝你送我來。」Sky 下了車，低頭對好友說。

「嗯，你多睡一點，臉色蒼白得像個病人。那之後見啦。」Rain 擔心地說著，這人勉強地笑了笑，關上車門，看著朋友的車從大樓前駛離，接著拿出男友給的卡片、刷卡進門上樓。

從上次來拿 Phraphai 認識的人的生日禮物之後，他就再也沒有來過這裡了。不過男孩沒有多想，反正這個地方比他宿舍還近，而且 Sky 需要一個地方靜一靜、讓自己能回復理智。無論是這裡，還是宿舍，都沒有太大區別。

砰！

他走進寂靜的房間，打開燈，心情沉重地盯著空蕩蕩的漂亮房子。他走到沙發坐下，雙手撫著臉，努力讓自己平靜下來。

「去跟Phai哥說，通通說出來，這樣你就不用這麼害怕了！」Sky輕聲說。

他在問自己，把發生過的事情告訴他男友是否是個好主意。他不想讓Phai哥知道他的過去，也害怕對方的眼神會改變，但是隱瞞的話，就得害怕往事隨時會浮現。他自己講給對方聽好嗎？包括被傷害的事情、擔心的事情，還有聽起來可能很自私，但是他能要求Phai哥不要跟他們來往嗎？

Phai哥會聽他的嗎？

腦子裡冒出很多問題。但最重要的是⋯⋯Phai哥會討厭他嗎？

Sky曾經是三個男人同時發洩性慾的玩具！

「別想了，Sky。別想了。Phai哥不是那種人，不是！」

男孩深吸了口氣，清醒了過來。雖然他害怕得舉起雙手環抱自己，兩隻腳也縮上沙發，像個需要被保護的人一樣，把臉埋在膝蓋上頭。

Phai哥，快點回來吧！回來抱著我、告訴我沒關係、告訴我惡夢已經結束了。

Sky懇求著，抱緊自己的膝蓋，焦急地等待房主回來。

嗶！⋯⋯喀！

「Phai哥！」

那瞬間，Sky嚇了一跳，轉身看向了房門口，因為他聽到了解鎖的聲音。蒼白的臉上笑容越來越大，眼裡閃爍著開心，以為自己的願望實現了，Phai哥回來了！他站起身，但是……。

「!!!」

「比想像中的還要早見到面啊，Sky。」

「喔吼！好久不見了，今晚開心地玩一下吧。」

兩個夢魘中的男人站在面前，就在……Phraphai的屋裡。

第 二 十 三 章
不 要 分 享 給 別 人

「放開我！放開我，你們這群混蛋！放開我!!!」

「這小子的力量有這麼大嗎？幹！」

在大多數人進入夢鄉的時候，Sky正帶著極度的恐懼面對著兩個將他進入臥室的男人，他死命掙扎、試圖掙脫那些拉扯及擁抱，雙臂揮舞著拳頭，讓Petch大罵出聲，雙腿盡可能地踢動。恐懼在他心中一閃而過，眼睛彷彿看見糟透的往事又再次回來了。

「放開我！現在就放開我!!!」

用來作為保護罩的沉靜一點也不剩了，只剩下恐懼讓Sky還掙扎著、想尋找逃走的方法。

砰！

突然間，沉重的拳頭狠狠的砸在肚子上，讓不曾、也不喜歡跟別人發生問題的人蜷曲起了身體、眼睛睜得老大，痛到哭都哭不出來。做這件事的人不是暴躁的Petch，而是Gun——曾經以為愛過的男人。

下手的人沒有一絲憐憫，眼眸裡閃爍著快意，舔著嘴脣，彷彿在說這個男孩是最美味的獵物。

碰！

最終，Sky被扔到了大床上，但男孩還沒有被征服。

啪！

「哎喲！」

就在纖細的人撐起身體，奮力想爬下床時，Gun扯起衣領，一巴掌用力地打他的臉頰上，直到整個人再次倒回床上，然後男子走過來跨坐上去，將全身疼痛的Sky翻了過來、扯起他的下巴，用滿足的眼神盯著他。

「什麼時候變得這麼厲害了？」

「操！但你看起來很滿意啊，Gun。吼！他抓傷了我的肩膀了。」Petch仍在咒罵著，一副暴躁的模樣。他一邊拉著身上的衣服、扭身看著後面，一邊忍著笑、回覆著朋友。

「那你怎麼傻到讓他打？力氣這麼大就動手啊。」Gun對喘著粗氣、紅著臉躺在床上的人完全沒有憐憫，反而很開心能見到對方害怕的表情及恐懼的眼神，還有在身下顫抖的肉體。

「你還是一樣狠心耶，我還以為你會對你的前任溫柔點。」

「前任？不過是扔掉的舊東西罷了。」

Sky咬嘴唇咬到發疼，幾乎無法呼吸，但正試圖為自己尋找出路。他必須逃走，他不會讓一切回歸原樣了！絕不！

唰！

但他的下巴被緊緊捏住，然後被拉回來再次跟Gun對

上眼。終於，Sky看見了──一個惡魔！

一個披著人皮的惡魔！

「比以前更值得上了。」

那不肯屈服的眼神，讓Gun更加滿意。

「放開我！」Sky喊道。

「誰會蠢到放手？你知道我從你上次打來就在想你了嗎？突然就想起了那個很好滿足的孩子。」Gun一邊說，一邊將Sky的下巴捏到發疼。但男孩依舊沒有回嘴，儘管他害怕到心慌意亂，但他必須逃跑，他絕對不會讓他們如願。

「但我不想你！」

「以前我說什麼，你都會照做。反正，無論是那時或者現在，你不都一樣會對我張開腿？都是老相好了嘛。」Sky不聽，不，是努力不聽那些話。他撇了一眼門口，大腦在告訴他，對方正疏於防範，於是他盡可能讓差點吐出來的身體維持不動。

上吧，Sky！上啊！

磅！

砰！

那瞬間，Sky出力將跨坐在他身上的人推往另個方向。他知道，如果任由時間浪費掉，等到Petch回過神來，就算他是男人，但也絕對沒有力量跟他們拚，所以他就翻身下床，咬牙強忍著肚子上的痛楚，扭動地從地上爬起來，直接往房間門口跑去。

唰！

「啊──！」

「你要去哪!?」

突然，正忙於扭頭查看背後的Petch速度卻更快，直接衝進來拉著Sky的頭髮，直到他不得不放聲尖叫，背部朝下地落在了房間的地板上，聽見惱怒的咒罵聲在他的頭上響起。

「你前任的力氣真的很大。要不是我想知道他變得多厲害才讓Phai哥要他，我才不要幫你咧，死Gun。」說話的人抓住了Sky的頭，出力將緊握拳頭的男孩拖回床上。不過，Sky的力氣可能更大，要不是他在對話中聽見某人的名字，極度恐懼地抬起頭。

這副模樣，Gun怎麼可能看不到？

「但哥也很輕易就送你了。」

送……你？

Sky睜大了眼睛。一聽到這句話，他的大腦就停止了運轉。

「哼哼，Sky，看你一臉震驚的樣子。我那麼認真教你，但Sky似乎不知道該記好。」當一隻手輕拍在男孩通紅的臉頰上，然後深情地撫摸時，他厭惡地扭過頭。雖然他知道的比更多，但Gun正覺得好玩，看著他那驚恐的表情覺得很有趣！

啪！

「啊！」

「這樣好多了，都沒力了。」Sky 還來不及在頭腦裡回想剛才聽到的話，Petch 就再一次重拳砸在他的肚子上，直到他身體彎曲、瞪大眼睛，卻不停顫抖、看不清眼前的畫面，只有耳朵能清楚地聽到一切，而他也接收到了一些會讓他心痛不已的事情。

「Phai 哥把 Sky 給我們了。」

「不……不是真的……不……」他搖了搖頭，幾近無聲的低語，反駁著 Gun 正在說的話。

「Sky 以為我們怎麼進來的？是 Sky 那位人很好的 Phai 哥自己給房卡、讓我們進來的。」

「不……」

拜託！這不是真的！Phai 哥，這不是真的吧？你沒有這樣做，對不對？

Gun 仍用感到好玩的語氣繼續說道。

「不信？不信也沒關係。過去這幾年大概沒有教給 Sky 什麼吧？那我說來讓你知道一下囉！當我去告訴 Phai 哥，我是 Sky 的前男友，還拿以前的照片給他看時，你知道 Phai 哥說了什麼嗎？」他不想聽、不想知道。照片很快被轉了過來，他被迫回頭看著手機螢幕……一張他與另外三個男人發生關係的照片。

噁心的照片，讓人倒吸一口涼氣。

「還有呢，想不想看？」

「不……」

Sky不是在跟對方說話，而是自言自語，望著他用各種姿勢被上的留底照片。那天晚上，除了疼痛，Sky幾乎什麼都記不得了，那時他看著這個男人，求他停手。他不知道其他人是什麼時候拍了這些，而Phai哥也全都看過了。

「不想看也沒關係。那Sky知道你的Phai哥說了什麼嗎？」

「不……」

Sky快要窒息了，他的心好痛，那裡正尖叫著說，什麼都不想聽到 —— 不想再知道更多了、不想再更痛苦了 —— 他來回搖著頭，痛苦的表情像是要窒息的人一樣，他的呼吸急促，彷彿隨時會斷氣。

但那句最殘忍的話還是被講了出來。

「他說……把你骯髒的玩具拿回去。」

「嗚！」

Sky發出大聲的嗚咽、瞪大眼睛，然後就什麼也都看不到了。心臟和大腦同時譯出了接收到的訊息，過去的可怕記憶讓這一切用最可怕、最殘酷的方式變成了真實。

Phai哥……把他送給了這群人！

又重來了嗎？我到底得經歷這些事情多少次？為什麼、為什麼沒有人是真心愛我的？

他啜泣，他大聲尖叫，雖然沒有眼淚，但Sky快要窒息了。

Phai哥，你討厭我了嗎？厭倦我了嗎？哥……把我送給他們了嗎？

　　在萬般痛苦的尖叫聲中，他只能聽到兩個男人愉悅的笑聲。Sky再一次回到過去那天，這不是做夢，而是真的……他又被騙了、這顆心再一次被出賣了。

　　「我老婆去哪了？我託給你的耶，死Phayu！」

　　「被我老婆帶走了。」

　　獲得壓倒性勝利的Phraphai心情愉快地走回大技師的身邊，視線搜尋著自家的男孩，但連個影子都沒看到。他皺起眉頭，笑容消失了，臉也有些拉下來，還以為Sky會看到他的帥氣，這次他可是用盡全力耶，沒看到的話好可惜。

　　而Phayu給了一個簡單卻讓他皺眉的答案。

　　「你老婆？Rain喔？」

　　「我只有一個老婆。」

　　「說得好像我有好幾個老婆一樣。我也只有一個。」Phraphai著急地反駁著。聞言的人掃視了整個會場，跟好幾個Phraphai曾拎回家睡的人對上眼。然後轉過身，看著這位厲害的賽車手，挑著眉表示「你確定你說得是真的？」

　　「其他人只是路邊的野花，只有這位是插在花瓶裡的。」Phraphai繼續為自己辯解，然後趕緊繞回原本的話題。

　　「Rain把我家Sky帶去哪了？」他滿嘴都是「我家」地喊著。Phayu搖了搖頭，但也願意好好回答問題了。

「Rain說Sky有點睏，所以帶他回宿舍。也是，那些孩子今天一定累了，畢竟聽教授點評作品是很耗體力的事。」和兩個男孩同系的人很能理解地說道。Phayu自己也是比較希望Rain是回去睡飽、好好唸書，而不是來找他。

開心是當然的，不過同時也擔心。

「但我想讓Sky看我比賽……」Phraphai撇撇嘴，又搖了搖頭。

「就像你說的，讓他回去睡比較好。我覺得我太黏Sky了。」

「你才知道？」

Phraphai沒有反駁說「你不也一樣」，因為他正低頭看著錶，這時間估計Sky回去的路程已經超過一半了，現在跟去應該還來得及在睡覺前和老婆聊一下。因此，最近很少待著的人就立刻開了口：

「那我回去了。」

「愛去哪就去哪。」Phayu漫不經心地趕人，然後轉身看向屬下剛從貨櫃上搬下來的新車。

「好，那我走了，幫我跟Saifa說一聲。」Phraphai揮手道別，接著拿著車鑰匙走去找自己的愛車，把「明天要上班得趕緊回家睡覺」的念頭拋諸腦後。就算沒睡覺，但如果能抱到那個因想念而來找他的人、親親臉頰，Phraphai相信，他會有精力工作一整天。所以，今晚不回家，去老婆宿舍！

得出結論後，便跨上愛車，發動引擎，準備離開。

「Phai哥，Sky就拜託你了，他的臉色很蒼白。」

就在那個時候，Warain開車靠了過來、打開窗戶大叫，直到Phraphai接話：

「好，我會照顧他。保證把他照顧得好好的。」男人興致勃勃地喊道，他敢說，再也找不到像他一樣好的看護了。Rain笑了笑，揮了揮手，關上了車窗，然後把車停回了原位，讓Phraphai把車開走。

不過……。

Rain怎麼這麼早就回來了？

正要加速的人差點來不及剎車。他低頭看了看剛才讓他快速估了時間的錶，他預估兩個男孩大概只到半路，因為從Sky的宿舍來這裡是完全不同的方向。那為什麼Warain會這麼快就回到這裡呢？要說是「很晚了所以不塞」也不對，去回程還是會花上許多時間。

那讓Phraphai立即熄了火，然後跑回賽場去。

他直覺感到怪怪的。

「嘿，Phai哥，你今天狀態不錯喔。」

Phraphai沒有理會許多前來稱讚他的人。銳利的目光只搜尋著一個被人群吞沒的男孩，直到他看到Phayu這個標的物，才急忙跑了過去。

「Rain!!!」

然後他看到嬌小的男孩正對著Phayu微笑。那方轉過來

看，一臉驚訝。

「Phai哥忘記了什麼嗎？」

「Rain把Sky送到哪裡去了？」他沒有回答問題，而是問了一個新的。Warain笑了出來。

「哥，這麼健忘喔？是你自己說叫我送Sky過去的耶。」

「我？我!?!!」Phraphai大喊，讓男孩嚇了一跳、笑容也消失了，立刻意識到Phraphai不是在開玩笑。

「不是你講的嗎？」

「怎麼可能？我都在比賽，哪有時間交代這個！Rain，到底是誰跟你說了什麼話？還有，你把Sky送到哪裡去了？」他緊張的神情不僅引起了Phayu的注意，連Saifa都走過來看發生了什麼事。此時，Warain急忙開口：

「剛才，哥……哥在比賽的時候，Sky說他要回去睡覺，所以我去送他，然後Card哥叫住我們，說你叫我把Sky送到公寓去。」

Phraphai不太生氣，但一氣起來卻非常可怕，而Rain現在也懂了。

一直以來，雖然Phai哥是個大個子，身材厚實，皮膚黝黑，不過因為他的嘴角總是掛著微笑，眼睛也閃閃發光像是在說他心情總是很好，所以Rain不怕他。可是當這個男人表情嚴肅、眼冒怒火、咬牙冒著青筋時，Rain也比原本更依靠到Phayu身邊，心在忐忑，卻不只是因為害怕Phai哥，他正清楚意識到……他做錯事了！

Warain 不知道好友的過去，因此，他對那些託付一點懷疑也沒有，但現在卻不是了。

　　「我的公寓？」在 Phraphai 沉默、覆誦那些話時，有一件事冒了出來——那個超會奉承的小鬼才剛借走了他的房卡！他轉身離開那裡，用最快速度跳上重型機車。

　　Phraphai 還不確定發生了什麼事，但他感覺這件事情不對勁。

　　「等比賽結束就把車送回修車廠，我明天會再去看。」與此同時，Phayu 轉過身、飛快地交代了屬下，然後拉住準備衝上去的 Warain，沉聲說道：

　　「我也去。」

　　Phayu 不知道發生了什麼事，但從 Phraphai 的臉色看來，這是他第一次害怕朋友會殺人。

　　「我也去。」

　　Saifa 也冒了出來，跟著上了車，然後 Phayu 就加速跟上那台已遠遠超出限速的重型機車。

　　沒花太多時間，Phraphai 就將車停到了他的公寓前方，關掉引擎，拔走鑰匙，這才想起他把備用房卡給 Sky 了，而主卡現在在 Petch 那裡，所以在跑向電梯之前，他得先直奔樓下的櫃檯，花時間登記名字、換通行證，於是後面跟著的朋友們也追了上來。

　　「所以到底是誰跟我說的啦？」

「我哪知道！」Phraphai知道他不應該對Rain大吼，但他現在沒有心情冷。Warain也明白這一點，於是男孩雖然急到快瘋了，但還是沉默著。

所有人很快地就來到了Phraphai居住的樓層。大個子帶頭衝上去，然後用力地敲在門上。

「開門！」他急得想把門砸了。

砰砰砰！

大手再一次用力地敲在門上，並正準備大喊，但……

「你們是在敲三小？小聲來也可以吧……Phai哥!!!」

砰！

那一刻，房間的門開了，只穿一條褲子的Petch憤怒地走了出來，不悅地開口，但他不得不瞪大眼睛、看著出現的屋主。Phraphai也不在乎，用力推開肩膀，讓Petch差點站不穩，然後衝進房裡，掃視四周後發現客廳空蕩蕩的。

「Phai哥，你怎麼來了？你都把房間借我了。還不到一個小時耶！」被推開的人再次擋在路上。

「走開！」Phraphai說。

「哥，人不要太差啦。我是你的晚輩，借我一下……」

「我叫你走開！」Phraphai大聲喊道。他不管房裡的人是誰，如果是那群人帶來的女人就算了，但如果是他想的那個人，那事情絕對不會就這樣結束。

用力推開肩膀的人這麼想著，然後搶著走進了臥室的門。

「!!!」

那個畫面讓Phraphai瞪大了眼睛。

他擔心的人正赤身裸體地躺著，旁邊還有另一張熟悉的面孔。

好，如果Sky正在反抗，那Phai不會這樣楞著不動，但事情卻不是這樣，那個總是反抗他的男孩正躺著，讓穿眉環的男人在他身上遊走，臉還埋在胸口。然後，如果他踏進房裡時沒有看錯，那傢伙正瘋狂地吮吸舔舐著柔軟的乳頭，而他老婆卻完全沒有抵抗！

現場沒有限制自由的繩子，只有那個閉著眼承受的人，這讓Phraphai氣得差點連站都站不穩。

「好了吧，我都跟Sky說過了，這樣做不好。」Gun也從赤裸的身體上起身，撥著頭髮，一臉沉重。

「我沒有騙哥。當我們把那個女孩帶到房間裡，才發現哥的男朋友在。我也是剛才才知道哥的男朋友之前跟Gun在一起過。我們一來，哥的男朋友就大罵Gun，害我帶來的女生都溜了。然後，他還把Gun拖進房裡，結果就像哥看到的那樣了，媽的，真的搞在一起。」Petch一臉沉重地補充著。被提及的人甚至連一句話都沒說。

彷彿Sky根本不在乎Phraphai一樣。

「不是真的！Sky不是那種人！」Warain再次大聲喝道，並推開Petch、叫他讓路。

「Phai哥，Sky才不會那樣做。不可能！就算他真的是

前男友，但Sky不可能會跟前男友這個混蛋搞在一起，每次提到他就一臉厭惡！死Sky！你快點說話啊！」現在只有Rain一個人大聲嚷嚷，作勢要衝向躺在床上、一動也不動的好友，但Phraphai動作更快。

男人憤怒地衝了上來，一把抓住Gun，把人砸在牆上，然後高大的身影撲到床上，深沉的眼眸往赤裸的人身上掃了一眼。

「Sky，起來跟我說話!!!」

看到白皙肌膚上的痕跡時，他怒不可遏。那些痕跡裝點在胸前及頸項，最突出的是兩側乳頭上戴著的小銀環，這讓Phraphai吼出更大的聲響。

「起來跟我說話！」

Sky曾經講過前男友要他穿乳環的事情，現在他家小孩會為了討好對方而願意再戴上它!?

但他的心裡在吶喊著不相信。就算親眼看見這兩個人正在他的房間裡做些什麼，但是Phraphai不想相信他眼睛所看到的，於是，可憐地喊著男朋友起來回答問題。

你想要什麼？都看到他們搞在一起了，還想問什麼!!!

他該同時殺了那兩個人，但為什麼還浪費時間盤問？就為了從Sky口中聽見什麼藉口嗎？

媽的！老子不想去想那麼多了！

就在這一刻，Sky緩緩睜開眼睛，用恍惚的眼神回過頭來看他。

那個人用哽咽的聲音求他。

「Phai哥，不要把我給任何人……不要把我送給任何人……就一個人……難道我不能只屬於你一個人嗎？」

Phraphai還是不清楚發生了什麼事，但他從這個男孩身上認知到的一件事情就是……折磨。

第二十四章

眼淚只為一個人

Sky沒有哭，沒有哀嚎，也沒有被下藥的跡象，只有從嘴裡蹦出幾個字——可不可以只屬於一個人。

但那讓Phraphai的理智斷裂了。

不是氣那個被他親眼看見出軌畫面的人，但他的心要求他做這件事。

「一群禽獸！」

他不知道這個房間裡發生了什麼事，但他確定的是，男孩正在受折磨，從聲音及眼神都顯示如此。雖然沒有眼淚，但聽者的心快要被撕裂了——如果不是他們，那做這些事情的人會是誰！

Phraphai一直想知道Sky之前的關係出過什麼事，但這一次，媽的，不必知道了——一定是那群人讓他愛的人每一分鐘都像要死了一樣！於是，男人猛地轉身，放纖細的身子躺在床上，然後衝向試圖逃離房間的人

砰！！！

男人用力的握緊了拳頭，趁其不備地全力打在Gun的臉上，使人跌倒在地。但是Phraphai仍不滿意，越是看著Sky的表情，想起Sky過去防備的姿態，或者是Sky說他們之間結束了卻痛苦得要死的那天，他能猜到是這群禽獸造成

的，雖然不知道這個 Gun 做了什麼，但就是這個人在他老婆的心裡留下嚴重的傷痕！

「你搞了我老婆，對吧!?」

「不……吼喃！他自己勾引我的，那賤人勾引我的!!!」Gun 盡可能地躲避，但是還是無法抵抗大個子的憤怒，越是為自己辯解，Phraphai 就越是憤怒，他不知道自己在那禽獸的臉上打了多少下，也不在乎噴出的鼻血及裂開的嘴巴，他只關心要讓那禽獸感受到比 Sky 任何時候感受到的還痛苦！

「住手啊！」

Petch 上前把 Phraphai 從他朋友身上拉開，就在這時候，一記拳頭打在他的下巴上，但這也給了 Gun 去拿手機的機會，並在 Phraphai 再次轉身時舉給對方看。

「哥得相信我，這賤人比你想得還要淫蕩，一次跟三個人上床，他都做了！」

Gun 打開了先前給 Sky 的照片，展示給 Phraphai 看，也不在乎要留著備用了。

他們沒想到 Phraphai 這麼快就跟了上來。這時比賽還沒結束，除非有急事，不然 Phai 哥幾乎都不會在結束前離開會場。這時間也夠讓他們把 Sky 玩個幾次，並在 Phraphai 發現前把人拖到另一個地方了。

那些照片，Gun 打算是之後要用來跟 Sky 談判的，但沒想到屋主卻一臉憤怒地代替那群被叫來輪暴 Sky 的人出現

了，他媽的到底是怎樣！光是Sky一句「只有我一個人不行嗎？」，就能讓Phraphai如此生氣。

讓Phraphai僵住手的照片被搶過來看了個清楚，照片中Sky被一個男人抱著，然後同時被兩個男人從背後插入。

「看吧……哥看到了吧？Sky很淫蕩，他自己邀我的。他演戲讓哥相信他是個好孩子，我自己以前也相信過。」Gun急忙說，他用手壓住噴出的鼻血，手心底下則在偷笑，看著一言不發的Phraphai。

這麼明顯的證據，誰還會不信！

不過……。

砰！

「!!!」

不僅是手機被扔到地上，Phraphai還用鞋尖壓在手機上，將其踩碎，然後那雙眼睛再次回到Gun的身上，嘴裡發出無情的聲線：

「那個給你，但這個混蛋讓我自己來處理。」

「啊啊啊啊！」

Phraphai對Phayu下完命令後，高大的身影抓住了Gun眉尾的環，另一隻手將頭固定住，然後用力把它扯下來，Gun痛苦地嚎叫著，皮開肉綻的同時，一個銀色的小環掉下來，鮮紅色的血順著臉頰流下。不過Phraphai仍然不滿意，他氣得連殺人的心都有了！

Phayu也明白朋友的意思是別插手，就算他真的殺了那傢伙也不要插手。

　　不只是眉環，Phraphai抓住Gun的頭往牆上撞，絲毫不理會那些咒罵聲、哀求停手的聲音，還有招供的聲音──事情都是他做的，Sky沒有勾引他，也是他讓賽場的保全叫住Rain的，一切都是他幹的──可越聽，Phraphai就越生氣，就算那個人已經癱倒在地、血流滿面到看不清原本的臉，他還是在重要部位踢了一腳。

　　「你搞我老婆，你搞了我家Sky，我不會放過你的，畜生!!!」

　　Phraphai不知道踢了多少次，直到那人和還有呼吸的濕潤肉塊無異，但他仍覺得不夠⋯⋯對Sky正在經歷的痛苦來說，還不夠！

　　他們做了什麼才會讓Sky面如死灰？到底都他媽的做了什麼!?

　　「Sky，看著我！你看到我了嗎？Sky，你看著我。」

　　Rain扶起好友、努力喊著Sky的聲音喚回了Phraphai的理智。不，他的大腦還沒有運作，只有身體衝過去把Rain推開，抱住了依舊盯住天花板靜靜躺著、將雙脣抿得死緊的人，那人的眼眶有些發顫，卻沒有一絲淚水。

　　「Sky，看著我。小乖，看著我。」

　　那雙眼睛根本沒在看他。

　　Phraphai感覺他懷裡的人在哭，但卻沒有眼淚，彷彿是

Sky將痛苦都吞回了身體內部。

兩隻血淋淋的手輕輕撫上了男孩的臉，強迫那雙眼睛望向自己。

「如果很痛苦就哭出來。我在這裡，我會替Sky擦眼淚。哭出來。」

他用溫柔的語氣說道，即使心裡正為忍耐的人疼痛著。

Phraphai曾經認為Sky是一個不肯哭的人，無論什麼事都不願意哭，即使是誤會冰釋的那時也沒有哭。但這一次，他的想法卻不同了，他突然覺得，Sky之所以沒有哭，是因為他習慣將悲痛藏在身體裡，任由淚水在內心超載，然後流逝死去。於是，他用顫抖的聲音懇求。

「哭出來，Sky！不要一個人藏著。我就在這裡啊，小乖。我就在這裡。」

「……」

一點動靜都沒有。Sky只是直直地望著他，雙肩仍然繃得死緊，只不住顫抖著。臉上痛苦的表情像個無法呼吸的溺水者，依舊一動也不動，而……

「我叫你哭出來!!!」

大個子男人奮力地喊道，要求痛苦的人將其宣洩出來，但……

啪嗒！啪嗒！啪嗒！

「我求你，哭出來吧，讓我知道Sky有多痛苦。讓我幫你、讓我……」

最後落淚的人成了 Phraphai。清澈的水滴順著臉頰、下巴流下，然後滴在血跡斑斑的臉頰上，一滴又一滴，沒有任何停止的跡象。顫抖的聲音又哄又求，千方百計地想要進入這顆心、成為男孩信任的人，並讓男孩願意將所有壓抑的東西釋放出來。

　　「我是永遠不會把 Sky 讓給任何人的。聽到了嗎？不要……」

　　那雙眼睛緩緩眨了一下，那個說完「不要把我送給別人」後就不願意講話的人，用顫抖的聲音問道。「Phai 哥為什麼要哭？」

　　「因為 Sky 不願意哭。如果 Sky 哭不了，那我幫你哭。如果 Sky 受苦，我也一起受苦。如果 Sky 痛苦，我會陪你一起痛。讓我成為那個替你痛苦的人。」他甚至想替這小孩承擔所有的痛苦，為他做一切事情、為他疼、為他痛，任何 Sky 無法承受的事情，他全都會一肩扛起。

　　Sky 輕輕開口，「就算我哭到死……一切的事也不會好轉……」

　　「會好的，相信我，一切都會好起來的。我會在這裡、在你身邊，我會照顧你。」

　　Phraphai 堅定地承諾，臉上布滿了淚水，眼眶也更加灼熱。他懷裡的男孩眼眶泛紅，然後清澈的水滴便……緩緩流下。

　　「唔……」

Sky開始哭泣、渾身打顫，嗚咽的力道也開始增加。

「唔！嗚！Phai哥、Phai哥！」

從嗚咽開始變成哭喊，緩緩落下的淚水，像水壩潰堤一般傾洩而下。彷彿了無生趣的人也抬起手，讓Phraphai將他拉入懷中，緊緊抱住。

「Phai哥，不要丟下我、不要把我送給任何人，嗚！呃！不……求你愛我，愛我吧……愛我……嗚！拜託！Phai哥……」男孩緊緊揪住他的衣服背面。

「好，我愛Sky。我不會把Sky送給任何人。絕對不會！」

這讓總是身處於痛苦之中的人放聲大哭。

自幾年前那件事之後，這是Sky第一次真正將心裡的傷痛發洩出來，也是第一次真正敞開心扉接受某個人。

那個比任何人都愛他、保護他的男人。

「就拜託你們處理了。」

「去吧，這邊我們處理就好。」

安撫到Sky平靜下來之後，Phraphai就用毯子將他家小孩裹得緊緊、抱在胸前，他掃了一眼有陣子沒關心的房裡，發現Warain在不遠處為好友遭遇而哭泣；Phayu風暴制伏了那個眉頭打洞、已經昏過去的禽獸；而Petch則在他腳邊哀求。

「我也去。」

「沒事的，Rain。我可以照顧Sky。」Phraphai拒絕了連忙起身跟上的Rain，搖著頭，更加收緊了依靠著他的那人的身體，但Sky仍轉頭看向他的好友，那個無論發生什麼事，都不想讓朋友擔心的人。

「我沒事。」

「但……好吧，不過你之後得說給我聽。」

Sky點了點頭，疲憊地閉上了眼睛。他不想再隱瞞什麼了。

雙方一有共識，Phayu就出了聲。

「拿我的車鑰匙去用。」來的時候，Phraphai騎的是重機。從這個狀態看來，Sky不可能有辦法坐機車，所以他十分樂意從朋友那裡拿走車鑰匙，他不想讓所愛之人跟那些禽獸在同一個房間裡多待上一分鐘。他走出房門，然後見到了……。

「Chai哥。」

一個帶著可怖氣息的帥哥——賽車比賽主辦人的親信。

Chai哥帶來了許多手下，更讓人意外的是，那些手下已經制服了好幾個年輕人。

「剛才他們說會有更多的人來，我怕我們的人不夠。一打給Chai哥，他正好在附近。」Saifa挑了眉，為自己的聰明感到自豪，不過這次Phraphai也同意，因為他自己氣得什麼也想不到，只好點頭代替道謝，然後轉身告訴Chai哥：

「如果不會太勞煩哥，房裡那兩個人麻煩教訓得狠一

點，算是我欠哥人情，之後要我跟誰賽車都行，我不會拒絕。」他下場比賽的話，那就意味著有賭注，主辦人會拿到錢，而 Phraphai 準備好不拿一銖，也不討價還價，完全照 Chai 哥老闆的指示去做，只求好好教訓那兩個混蛋小子！

泰國黑道手下的技術可比他好多了。

「我會看著辦的。」

雖然是這樣講，但這回答幾乎就等於同意。

至此，滿意的 Phraphai 趕緊帶著 Sky 離開這裡。

Phraphai 走了，但 Warain 剛擦乾眼淚。

「媽的，混蛋！你弄我朋友、還利用我是嗎？畜生!!!」一個看似軟弱又欠人保護的小個子，但個性可比 Sky 硬多了。他跳進去又踹了 Petch 很多下，毫不猶豫地將腳踩在昏倒的人的重要部位，讓 Gun 不得不醒過來、接受這極致的痛苦。

「欺負我朋友，那這裡你們也不需要用了!!!」

這次 Phayu 沒有制止，因為看樣子他嬌小的男友大概不會輕易冷靜下來。

當然啦，連他都可憐那個小孩了，那麼，作為 Sky 最好朋友的 Rain，怎麼可能會停手？看樣子，在這件事在交到 Chai 哥手上前，這兩個傢伙大概就會先在 Warain 的腳下廢了。

凌晨三點半，Phraphai 把他的愛人帶回了大厝，順道跟

在準備考試的Phraiphan說不必叫醒任何人，他不想讓父母醒來後，對Sky現在的模樣大驚小怪。妹妹答應了，用擔憂的眼神看過來，但沒有打擾。他沒有時間去關心任何人，只顧著懷裡的那個，用最呵護的方式將人放到了床上。

但在他要去清洗到處是血的身體時，卻被抓住了手臂。

「我要去洗澡，手上都是血腥味。」

當他這麼一說，男孩就起身跟了上去，攀著他來到浴室，臉上的不安讓他不得不問說：

「要不要一起洗？」

總是拒絕的人點了點頭。

兩人真的只是純洗澡而已，Phraphai幫Sky洗了被他手掌弄得滿是血汙的臉、拆下乳頭上令人嫌惡的小環、打上肥皂，將人清洗乾淨。Sky自己也幫男人塗著肥皂，但不是為了激情或者喚醒做更激烈事情的慾望，就只是對彼此最親近、最信任的碰觸。

直到洗完澡、擦完身體後，他將人帶來坐在床上。但，又一次……。

唰！

「我只是要找衣服給你穿。放心，我哪裡都不會去。」這才讓Sky願意鬆開抓著他手臂的手，眼神似乎平靜了下來。他轉身、迅速穿上自己的衣服，然後不發一語地讓愛人將手上的衣服拿去穿上。

一穿好，Phraphai立刻將對方緊緊抱住，摸著頭安慰說：

最糟糕的事情已經過去了，不會再有什麼事了，還有他在這裡，哪裡也不會去。

男人聽到躺在身邊的人的心聲漸漸平靜下來，心裡一開始的怒火和痛苦也才緩和了許多。

看到Sky好了許多，他也一樣好多了。

「Phai哥。」

「嗯？」

Sky的聲音因為哭得太慘而沙啞著，眼睛也瘀傷紅腫，讓人不得不輕輕揉著眉心。

「哥不問發生什麼事嗎？」他家小孩似乎恢復理智了，但眼中仍閃爍著恐懼，這讓Phraphai感到擔憂。

他想知道嗎？當然想！儘管隱約可以猜到來龍去脈，但他還是想知道一切是怎麼發生的。

還有那張該死的照片……我怎麼沒把它處理掉！

一想到這，那張深邃的臉上就寫滿了怨恨，想要再去教訓那群禽獸一頓。

「沒關係，等Sky準備好了再說。」

Phraphai不在意Sky是否是自願和三個男人睡，因為遇上男孩之前，他自己也經驗豐富，但他心裡有一半以上覺得不是，Sky不是自願做那些事情，追人追了好幾個月的他很清楚。

就算是自願的，也一定有原因。

Phraphai這才意識到自己有多相信懷裡的這個人，就算

要罵他傻，他也甘願。

「那就是今天了。」沙啞的聲音再次引起了他的注意力。

Sky勉強地笑了笑，一臉疲憊，但還是堅持要說。

「我怕今天不說，就再也不敢說了。」男孩深吸一口氣，然後高中時期的事情從他嘴裡迸發出來，彷彿被壓抑了許久。從進到高中之後，遇見周遭許多新鮮事物，認識了那個穿眉的禽獸。Sky說得平靜，偶爾有些顫抖，但反而是當他聽見這小孩遭遇了什麼之後，差點忍不下去。

被虐待到無法去上學、做愛做到受傷，還有被騙去輪姦？最混帳的是，當Sky被那樣時，那個禽獸居然坐著看!!!

Phraphai氣得耳朵都冒煙了，氣到他真的想回去殺了那隻禽獸。

「罵他禽獸還同情禽獸呢！畜生!!!」

他沒想過人可以這麼壞，而且還來弄這個小孩。Phraphai想像得到當時的Sky是多麼單純，即使是現在，他也知道在努力的偽裝之下，Sky其實是個愛撒嬌、怕寂寞又需要被照顧的小孩。那麼，那時候呢？

如果是我，我會好好照顧他，不會讓他哭。如果是我的話……。

Phraphai滿腦子只有「如果是我」這句話。同時，他把纖細的身子抱得更緊、緊貼在一起，透過觸摸去說他有多少愛。

「那個時候，我完全崩壞了。就算是回家裡住，但我還是像個壞掉的洋娃娃，我不哭了，因為哭泣對我一點幫助也沒有，就算我再怎麼求，他也沒有同情過我，只是很可悲而已。」Sky說著，但聽者幾乎要死去。

「那Sky是怎麼好起來的？」

這是男孩第一次真的笑了，那是一個疲倦的笑容，但不悲傷也不勉強。

「Phai哥的初戀曾經是喜歡的明星或者漫畫人物之類的嗎？」

Phraphai搖了搖頭，他不確定自己是否有過那種感受。Sky繼續說：

「我有喔！我小的時候，我媽媽非常喜歡一個男主角，我也跟著她一起看。現在想來，那個男主角可能就是讓我意識到自己喜歡男生的人吧。但長大之後就忘了，直到我回到華富里府的家，我爸爸不想讓我太安靜，他認為我不說話、不去上學很有問題，認為是父母婚姻失敗所造成的。在我來曼谷念高中之前，聽他們吵架吵了很多年，要說我是『問題兒童』也行。」Sky將頭倚在Phraphai胸前，緊緊地抱住腰。

「直到現在，我爸爸甚至不知道我因為被強暴而抑鬱。」說話的人頓了片刻，然後繞回原來的故事。

「那時候，我只能靜靜坐著、讓電視看我，但我不聽也不接收任何事情，只顧著難過和厭惡自己，然後那個男主角出現在螢幕上面，吸引了我的注意力。那是一個採訪節目，

這個男主角已經退出演藝圈很久了，我那時才知道他回來和交情很好的導演一起拍電影，而那部電影很有名。不過那個時候，我是在跟⋯⋯」Sky沒有說，所以他能猜到指的是誰。

「嗯，就是這樣。主持人問說消失的時候發生了什麼，然後他回答說，是因為感情的問題。那次的分手很傷，幾乎毀了他的生活。主持人還問了他怎麼站起來的。他的回答讓我記憶猶新。」男孩抬手擦了擦再次落下的眼淚。

「如果我不愛自己，那身邊愛我的人會有多難過？如果一個人就能毀了我的生活，那我怎麼面對我的家人？」

Sky啜泣得更加厲害，就好像把過去沒有哭的分一次哭回來。

「我這才看得見、看見我爸爸有多擔心我。我爸爸一直為了跟媽媽分開的事情向我道歉，說對不起讓我看到他們吵架、對不起讓我沒有媽媽。我爸爸盡一切可能想對我好，我這才知道，他送我去曼谷讀書是為了不讓我看到他和媽媽為了財產吵架。如果我還討厭自己，那麼生我養我的爸爸該有多難過？」Sky抽泣著。

「我沒有立刻振作起來，但我更關心自己了。拋下一切、努力念書，覺得自己所做的一切都是為了真正愛我的人，而不是那個視我為玩具的禽獸。」

Phraphai把小小的身子收得很緊，來回搖晃著，心疼所愛之人。只要想到對方要在這麼殘酷的事情中一個人重新站起來，也不能把發生的事情告訴任何人，他就被折磨得快發

瘋了，只能一遍又一遍地吻著太陽穴。

直到Sky主動輕推著胸口，然後撐起身來看著他的臉。

「Phai哥，我真的可以愛你，對吧？」

這個問題讓Phraphai真想殺了那個禽獸！啊！罵禽獸還會覺得可憐禽獸呢！必須叫「天殺的」這類！

男人含著淚說：

「可以，愛我吧，因為我也只愛Sky一個人。」

Sky對他笑了笑，那是他想一直守護下去的笑容。

然後，他家小孩說⋯⋯。

「我也愛Phai哥。」

這樣就足以讓這顆心興奮跳動了。

Phraphai承諾，他會好好照顧這個男孩！

⚑⚑ 第二十五章

戀愛天空

外頭的光線穿透輕薄的布幔，照射在微微顫動的浮腫眼皮上，眼皮緩緩地睜了開來，裡頭已經看不見往事的迷障了，只剩下較以往更加清澈的眼神。Naphon甚至感覺今天早上的畫面非常清晰明亮，而且是個他很想從躺著的地方起身的早晨。

這一切全都要感謝緊緊抱著他的那個男人。

那個曾經以為只是來玩玩，卻認真到他必須認輸的男人。

昨晚，當Sky以為Phai哥將他送給那些人渣的時候，他似乎被往事給淹沒了，心底或許仍說著「這不是真的」，但曾經歷過的恐懼，再加上那些人能進來屋裡的事實，都讓Sky無法再接收任何事情了，他滿腦子想的只有 —— 想對他做什麼就做吧、想強暴他也隨便 —— 他整顆心都麻木了，疼痛到無法認知對方在他身上做了什麼。

他想起的，只有跟Phai哥過去的種種。

越是想，他就更是痛苦。能做的，也只有哭喊著不要把他送給別人、不要折磨他、不要背叛他之類的話，直到聽見Phai哥喊他 —— 那個人叫他哭出來；跟他說，如果他痛，會陪他一起痛 —— 將他喚回現實世界的人，是Phai哥。

昨晚，是Sky從那件事情之後，哭得最兇的一次。

但這次與上次的狀況卻相差十萬八千里遠，他是帶著幸福的心情醒來的，而且他知道，所愛之人就在身邊。縱使心裡仍留有些許恐懼的碎片，但Sky也發現他已經準備好向前走了……。

啾！

男孩伸長脖子，在脣上輕輕一吻，然後笑著退開。

雖然好起來了，但大概還需要一段時間，他才敢直接跟Phai哥撒嬌吧。

「只親一下嗎？」

Sky還來不及收起笑容，他望著那張睜開眼盯著他的帥氣臉龐，對方還不要臉地直接詢問。

「哥醒了唷？」

「我想快快醒來看見Sky的臉。」

以前的他，大概就會罵說很狗血了，但現在卻立刻紅了臉，來不及躲開對方的視線。

「再親一次嘛。」

「早上了。」Sky呢喃。

「關早上什麼事？晚上或早上都可以親親。」Phraphai甩著手、笑得很開心，這更令Sky咬緊下脣——人家會害羞啦！——一大早當理智回到身體之中後，他才意識到自己做了多少羞恥的事情：依賴著Phai哥，然後告訴他，自己有多愛他。光是以為對方將要他送給別人，他的心就快死去

了。

Phraphai又笑得更歡了。

「哪來這麼可愛的小孩？臉都紅了。」

「誰可愛了？」

「嗯，『誰』不可愛，是Sky可愛。」

這是玩哪一招啦！

聽者瞪大了眼睛、看著大個子男人笑得很開心，和昨晚怒髮衝天的夜叉模樣判若兩人。

「噢！快點，笑一個！幹嘛忍著？笑一個給我看看。」這時，Sky才驚覺剛才那句瘋話害他憋笑憋到雙頰發疼，也終於笑了出來。他望著那雙滿溢著愛憐的深邃眼眸，然後心甘情願地被拉過去、依偎在對方胸口，閉上眼睛，任由大手撫摸著他的臉頰，並順著將蓋住臉蛋的頭髮往後撥開。

「Sky。」

「嗯？」

「Sky！」

名字的主人立刻睜開眼，看到那張露出笑容的臉龐，發現有人又將舊招拿出來用了，但他沒有說話，只是等著對方往下說。

Phai哥只是轉頭望著陽台的方向，看著今天蔚藍的天空。

「今天的天空好可愛。你看那朵雲，還是愛心的形狀唷！」

等著聽後續的人忍不住往肩膀上揍了一拳。

「吼！打我幹嘛啦？」Phraphai誇飾了對疼痛的反應，癟著嘴、一副要哭要哭的模樣，直到無語的人問了這句：

「是天空可愛？還是Sky可愛？」

這個問題讓Phraphai笑了出來，雙手環住另一方的腰間。

「Sky！我才不在意什麼天空咧！我這種人不在意有沒有征服天空，我要的只有一顆心而已——那顆名字含意是天空的小孩的心。」那讓Sky依偎到胸口上，不再忍住笑意，任由嘴角向上揚，雙手也回抱對方的腰際，接著下定決心做了這件事。

啾！

「名字含意是天空的人，也一樣愛著名字是『帥氣的風』的哥呦！」

他湊上前在嘴巴上用力親了一下，然後帶著微笑說，接著便移回胸口、繼續依偎。沒有什麼能夠再拉住Phai哥的理智了，那些動作讓原本摟著他的健壯懷抱收得更緊，摟著腰的人抓著他滾上床，低吼聲在頭頂響起：

「真壞！光是這樣，我就愛你愛到要瘋掉了！」

不久後，笑聲就迴響在寬廣的房間裡，驅趕走了苦澀與哀愁，只餘下被幸福環抱的兩顆心。

「你好，終於見到面了。」

「不是吧!!!」

Phraphai昨晚還沒有意識到，因為他只顧著生那些罵他們禽獸都還可憐禽獸的禽獸（？），但他現在才突然對自己男友的事情有所警覺──當他帶著Sky下樓來，發現餐桌邊不只有母親一人在指揮下人擺放早餐，還有他最帥氣的叔叔也坐在那裡喝咖啡的時候。

Fros叔叔呢，是用一般的微笑打招呼，但是這個Sky卻緊緊地抓住了他的手臂，然後大聲叫道：

「Fors Phattira！」

年輕的叔叔驚訝地挑了挑眉，但還是笑著點頭。

「你認識我？」

喂喂喂！臉紅成那樣！給我等等！

「是，我知道您。我曾經看過一齣劇是……呃……」

「你可以跟這些孩子一樣叫我Fros叔就好。」

「好，Fros叔。」

這讓Phraphai瞪大了眼睛，因為身邊的男孩仍緊緊地抓他的手臂不放，但不是因為見到另一個長輩而緊張，而是激動到緊掐著他的手臂、抬著頭笑笑地跟年輕的叔叔聊天，說著自己有多麼的欽佩、崇拜及尊敬對方，直到有人差點在喉嚨裡呻吟。

我怎麼會忘記我叔曾經是個明星啦!!!

十多年前，當他叔叔還是二十出頭的年紀時，可是吸引

眾人目光的男主角之一，名氣大到走到哪裡都有人認識他。不過大約十年前，叔叔以最痛苦的方式與摯愛分手，痛苦到他幾乎要輕生了——他叔叔將車開到了貨車的前方——雖然最後成功活了下來，但他們三兄妹最勇敢的叔叔卻成了一個對世界完全失去興致的人，直到一年多後才回復過來，接著就宣布結束演員生涯、轉做幕後工作，取而代之的是一名優秀的導演。

另一件 Phraphai 沒想起來的事情是，他叔叔看在從演員時代就是好友的導演面子上，幾年前接過一檔戲，但誰會想得到他叔叔跟自己男友喜歡的明星是同一個人！

如果沒記錯的話，昨晚 Sky 說⋯⋯那是他的初戀。

「喂喂！分開、分開！這是你姪子的老婆耶，叔～⋯⋯Sky，夠了！別再看了，我比我叔叔帥多了！」

「Phai 哥，光比膚色你就輸了。」

喔吼！現在會嗆他了。

Phraphai 很快地將他家小孩的身體拉進懷裡，滿是醋意地將對方的臉壓在自己的肩膀上，瞪著笑開懷的叔叔，模樣十分滑稽。

「別這樣，讓我跟姪媳婦聊聊天。」

「還是不要好了。叔剛離婚，我不放心。」

被 Phraphai 視為榜樣，認為反正人生下來就是要玩個夠本，無論男女都可以搞定的那個人，就是他叔叔！

在有對象之前，Fros 叔叔可是比 Phai 還花上數倍的人，

誰會放心啊！

「Phai哥。」

「不用叫我Phai哥、也不用再望了，Sky。你這輩子就只會看到黑的！」男人霸道地說著。那讓Sky緊緊勾著他的臂膀、雙頰泛紅，但他現在也不敢肯定這是因為Fros叔叔還是自己了，直到聽見那個願意心口一致的人小聲地耳語：

「叔叔是我喜歡的男主角，而哥是我愛的男人。」

Phraphai瞇起眼睛，然後……

「好啦，就讓你們聊聊。」

沒有輸過的Phraphai也願意放開懷裡的人，但還是硬拉著Sky去坐在餐桌的另一側，不讓他跟叔叔坐一側，絕對！

「叔，不要再看我老婆了。」

就在男人仍瞪著自己叔叔的同時，Sky也轉頭去尋家裡的另一位長輩，不太好意思地說：

「阿姨對不起，我昨天沒講一聲就跑來了。」

「沒關係，可以來的，Sky想什麼時候來就什麼時候來，阿姨隨時歡迎你。那我來請下人幫你布置桌面好了。」三兄妹的母親正偷偷拭著淚，興高采烈地趕緊對他說著，像是很高興自家孩子能對某個人如此認真的樣子。她快步走進廚房，讓那小孩連回答都來不及。

Phraphai一整頓飯都像護著蛋的母雞一樣，也不知道是不是反應過度，但叔叔及他媽也找他老婆聊天聊得太誇張了

吧！

兩位長輩才不會說出真話呢！——因為看到Phraphai的這種反應很好玩。

一副又愛又迷戀，頭都抬不起來的樣子。

「你家好有趣喔！」

「是我家，還是我叔叔？」

不要罵他霸道，但一看到Sky這個話很少的人跟自己叔叔聊得興高采烈、知道叔叔演過的每一部作品，身為姪子卻沒有看過任何叔叔演的戲的人就忍不住不開心了起來，即使是將車停在Sky宿舍樓下的時候，他也還是在鬧脾氣。

「Phai哥不開心嗎？」

「沒有不開心。昨晚還抱著我哭了一整夜，結果一早就跟別的男人聊得那麼興奮。」

Sky看了自己一眼，然後就先下了車。他只能嘆一口氣——他是不是得意忘形到忘記Sky不哄人——也只能無力地跟著下了車，跟在用門禁卡開門的小孩背後。還好，對方還願意等他。

接著對方一句話也沒說，直接走上三樓的房間。吃醋的人為此感到沮喪。

「我不鬧脾氣了。乖啦，轉過來跟我講話。」但Sky還是沒有說話，對方先開了房門進去，他只好趕緊跟上。

「Sky！」

他跟在男孩後面、走到工作桌前，抬起雙手要抱，卻來不及……

「這是我做給你的。」

Sky轉過身來，同時將兩層樓的房子模型給了他，讓他不得不趕緊抓好，而那個被認為不想哄的人專注地說：

「教授出的題目是為大家族設計一棟房子。儘管我跟著主題做，但其實，我腦子裡並不認為這棟是給有祖父母、父母和三個孩子這種大家庭的房子。我在做的時候，只想著這棟房子是我跟……哥的。」Sky終於抬起了頭，眼睛來回閃爍。

「Phai哥，如果我說，我已經把跟你的未來規劃那麼遠了，你會討厭我嗎？」

Phraphai只是看著那雙眼睛，然後低頭看著漂亮的房屋模型，它有一個大車庫，可以讓他的好幾輛車停放在其中；延伸到庭院的露台方便烤肉，非常適合他這種肉食性動物；此外，還有一個空間可以讓他們一起工作。一切看起來簡單而迷人，給人一種現代卻不失溫馨的感覺，這說明做的人對每個細節的用心。

男人將模型放到了工作桌上，然後將愛人抓過來、緊緊地抱住。

「對不起，我今天的表現有點太誇張了，但我真的沒想到會見到心裡的偶像，他是讓我能夠度過那些糟糕日子的人，但讓我能繼續往前走的人是你。Phai哥要相信我，沒

有人比你更可愛，我也不會再愛哪個人跟你一樣多。可以相信我嗎？」眼裡透露出的些許擔憂，讓看的人在眉心愛憐地落下一個吻。

「信，我相信。我也要為我胡亂鬧脾氣而道歉。」

「不用，Phai哥可以鬧脾氣沒關係，我或許不太會哄人，但我會努力的。」

誰說不太會哄人？已經太會了好嘛！

嘴角上揚的人這樣想著，讓他暗自不爽的事情通通消失了，心裡反而被幸福充滿。

他知道為什麼Sky不讓他幫忙做這件作品了，就是為了之後才要拿給他看。

這次不管再怎麼生氣，那股氣都能立刻煙消雲散，他只想緊緊地抱住對方、在臉頰上親好幾次，然後再用力地吻上那雙好看的雙脣，蹂躪到Sky全身發軟、雙頰泛紅喘著氣，模樣可愛到讓他忍不住親了一次又一次……。

「夠了！我的嘴脣都腫了！」

「那我親其他地方也行。」說完就將吻重重地落在脖子上，讓那小孩嚇了一大跳。

「Phai哥，我可不可以問個問題？」雖然還想再窩一陣子，但Phraphai仍舊抬起頭、看著對方的眼睛，挑了挑眉當作疑問，看著那個一臉猶豫不決的人。

「哥……喜歡我哪裡？」

「你的一切。不管是長相、個性，從頭髮到腳趾通通都

喜歡！我喜歡的，就是現在這樣的Sky。」他知道對方仍在擔心，所以想講出口、讓他寬心。對他來說，Sky一點都不無聊，相反的，他喜歡這個嘴硬但其實心很軟的人。

每當對方說溜嘴的時候，他的心就會融化。

不過，當Sky這樣問時，Phraphai就想起了更多的事情。

第一次遇見的時候，他必須承認自己有莫名的上心，但那種感覺只是想吸引對方的注意力，還是說……。

「或許是一見鍾情。」

「蛤!?」Sky一臉莫名其妙，他不敢相信自己聽到的。Phraphai會一見鍾情？有夠不符合人設的，就連他自己都還不太相信呢！但一脫口而出之後，Phraphai就認為是那樣了。

「我或許從一開始就愛上你了。我也不懂，我只知道我想得到Sky的心、想讓Sky喜歡我。但不管你信或不信，都無所謂了，既然Sky也喜歡上我了，我也就不再去想是為什麼了。我只想回答你，我會就這樣一直喜歡你、一直愛著你……我的答案過關了嗎？」

他覺得他會輕鬆過關。

這時，Sky又對他笑了一次，是個每次Phraphai都會沉醉其中的笑容，還有，他的天空說……

「如果是Phai哥想要的，我就會給你。」

「我保證會好好的照顧你。」

有人說掌管陸海空的人是幸福之人，但Phraphai卻說

這不是真的，他只要有這片天、有Sky這個人，他就是世界上最幸福的人了。

✖✖ 終 章

「今天Phai哥有空嗎？要不要一起去吃飯？」

在天色即將轉變成靛青色的傍晚，Phraphai正走出公司，用深邃的眼睛看了看四周，但還沒來得及找到目標物，看起來像是來堵他的嬌小女生便衝了上來，站他在面前給了一個討好的微笑，眼睛一眨一眨的。

Phraphai不做二想地立刻拒絕。

「Kul，我沒空。」

「吃一頓飯也不行？拜託～」

如果是七、八個月前，Phraphai大概想也不想就跨過對方搭建起來的橋樑了，不過男人現在只是笑了笑，眼裡平靜無波。

「抱歉，我沒空。而且如果Kul一直用那樣的眼神看我的話，我就會繼續沒空。」

Chophikul紅透的臉讓Phraphai想要躲開。

「Kul哪裡不好了？」不過原以為願意退開的人卻不願意退讓，仍堅持要得到答案，這讓男人十分詫異，他沒想到這個嬌小可愛的女生會如此有侵略性。或許是先前的自己撩得太兇了，才會讓她誤解得那麼深。

都是你的錯啊！該死的Phai！

他先前對人家真的是又是撩撥又是逗弄，沒有在手軟

的，只好趕緊想辦法矯正自己的錯誤。

「Kul沒有不好，Kul是個好女生。只是我們之間不是那樣的，Kul懂我的意思嗎？」

「不懂。」

Phraphai超開心他之前有立下「不和工作往來對象發生關係」的原則，要是真的不小心碰了這個女生，他大概會頭痛到死，因為Chophikul現在的眼神跟他很像，對自己很有自信、覺得身邊的人都會喜歡她。可他就不喜歡呀！

不單是現在，管他是現在還什麼時候，他都不會喜歡別人了，他心裡只有那個可愛的小孩和那些文具，滿溢到無法再讓別人坐進來。

「Phai哥以前都不會這樣對我，但突然就冷下來了。我做錯了什麼，哥都可以跟我說，我會改正的。」

怎麼說得像是去做婚姻諮商的夫妻一樣？但他既不是她的男朋友，也沒有追求她，兩人之間更沒有任何關係，頂多以前逗著玩一下而已 —— Phraphai開始思考，他或許沒有自己所想的那樣厲害，沒辦法猜心、無法讀出每個人的心思，還好在媽媽擔心的事情發生之前，他就先在Sky的身上安定了下來，不然，總有一天，會有女生大著肚子來跟他媽告狀的！

Chophikul一邊說話，一邊伸手抓住他的衣角，直到Phraphai皺著眉頭、努力要將她的手拉開。

「Kul沒有錯，也不用改變什麼。因為我跟妳沒關係，

以後也永遠不可能有關係。」

「但是……」

再繼續糾纏下去，哥就要做壞人囉！

「Phai哥！」

糟了！

心情開始變差的人嚇了一大跳，在轉向聲音來源的同時，心也沉了下去，而且，他看見了──瘦高男孩看過來的冷漠眼神。

甩甩甩！

Phraphai用力地甩著頭，為了告訴對方，自己什麼也沒有做，這個女生真的跟他一點關係也沒有！

於此同時，Sky也默默地看著他，讀不出的情緒讓他有些許的忐忑。

在將Sky的過去清理乾淨之後，這小孩也越來越會表現出情緒，他很喜歡這樣的Sky，但問題出在碰巧撞見他的「舊情人」這件事情上，Sky為此鬧過幾次脾氣，他沒有覺得哄人很煩，但還是很想對過去的自己大叫「不要再花心了！」，每次看到老婆的眼睛紅紅的，他都幾乎要喘不過氣。

現在看著他的Sky也一樣。Sky看了他抓著Chophikul的手一下，然後又回來看著他的臉。

接著，慢慢地走上前來找他，然後……

唰！

飛快地扯著他脖子上的領帶、將他拉了過去，這動作迫

使Chophikul鬆開了手，甚至得要閃開，而Phraphai則將雙手高舉到頭部表示投降，看著眼睛傳遞出著自己的真心，嘴角也露出討好的笑容。

「因為Sky打來說快到了，所以我就趕緊下來接你了。我下班囉，一起回家吧！我媽已經幫我們準備好一頓大餐了。」他之所以會下來樓下就是為了來接這個從宿舍坐車來的小孩的，真的不是來找那個正在左看右看的漂亮女生的。

Sky微微瞇起眼睛，而Phraphai則認為自己大概已經是怕老婆的一員了。

「弟弟你是誰？為什麼那樣扯著Phai哥的衣服？放手啦！」

但Chophikul仍憤憤不平地說著，這讓扯著領帶那人的烏黑眼睛轉過來看著她，然後Sky也露出了禮貌的笑容。

「姊姊對不起喔！」

「啊？對不起我什麼？跟Phai哥道歉啦！」

不只是Chophikul很驚訝地看了過來，連Phraphai沉默地等待下文，然後Sky就繼續往下說：

「對不起『我男朋友』來騷擾姊姊了。不好意思，我要先帶我男友回家，Phai哥的爸媽跟叔叔已經在等我們回家用晚餐了。先告辭囉。」接著Sky就在女生目瞪口呆的目光中，拖著他的衣領快速離開。

相反的，那個被誤會成騷擾女生的人卻笑得很開心。

抱！

一離開大樓的角落，Phraphai立刻就抓著臭臉愛人的腰過來摟住。

　　「我沒有騷擾人家吶～是她來煩我的。我是Sky一個人的男朋友。」說完就安撫地親在臉頰上，這讓那小孩慢慢斜了他一眼，但願意放開拉住的領帶了，雙脣抿在一起的樣子十分可愛，可愛到他在脣上重重地印了一個吻。

　　「確定？」

　　「嗯，確定！」

　　「那我那個樣子，哥不生氣嗎？超沒禮貌的。」氣一消，Sky就開始覺得歉疚了，但Phraphai卻說比這誇張都行。

　　「不生氣，我反而很高興Sky那樣走進來……宣示主權，比這更誇張都可以。」

　　哈！開心！

　　比起要慢慢觀察耳朵有沒有紅、有沒有害羞的時候，能夠看見雙頰逐漸紅起來好多了，因為現在的Sky願意直接向他表達出來，Phraphai喜歡這樣，一點都不厭煩，Sky越是表現出有多愛他、多重視他，他就願意給Sky更多，因為……。

　　「謝謝你。」

　　那個小孩在他嘴上很快親了一下之後，又低頭咬著嘴脣。

　　「好了，那和好了唷！走吧，我家裡人等很久了。」Phraphai的手過來牽住Sky，然後帶著他走向停車場，因為

他們真的跟家裡有約。

那個當下，Phraphai想起……。

「Sky記得我跟Rain說的事情嗎？說你有東西忘在我這邊，所以要拿來還你。」

「就是你用來跟Rain要我電話的藉口，對嗎？」Sky也記在心上，這讓問問題的人露出比原本更大的笑容，然後轉頭看著他的眼睛。

「嗯。現在，我還你囉！」

思考還沒跟上的人困惑的模樣，讓Phraphai想笑。

「就是那天Sky忘記把我的心帶回去了，所以我就跟去還給你。現在你得到它了，就麻煩你好好照顧。先說好，我不會收回來的！」他喜歡Sky困惑的表情，之後那小孩笑容燦爛地回了嘴：

「Phai哥好狗血喔！不過……」

牽在一起的手又握得更緊。

「……我會照顧到最好的。」

像這樣，Phraphai哪還能去看別人？可能從最初四目相接的第一秒開始，他就被這小孩綁住了。

THE END

❖❖ 特別篇

因為我們在一起

叮咚！叮咚！

「誰出去收個東西，快！」

「Phleng自己去收！」

在大學學期結束後的某個周六，P家三兄妹正各自做著不同的事情──在最小的妹妹敏捷地打著電視螢幕上的網球遊戲，藉此活動身體時，排行老二的弟弟從樓上跑下來，趕在正要出去收東西的幫傭前，將包裹從送貨到府的郵差手上接過。至於身為大哥的人，則躺在最親愛的男友大腿上，什麼也不想做，只顧……盯著他埋頭看漫畫的側臉。

「不會是又訂了什麼奇怪的東西吧？上次我心臟都要停了，為什麼這個家的小孩都不像Sky一樣乖巧呢？」

「已經有啦，Sky再過不久就會成為我們家的人了呀！」

「多嘴～～你問過人家願不願意了嗎？」

三兄妹的母親無奈地搖搖頭，用溫柔又甜美的嗓音，對放下漫畫的Sky說：

「Sky可不要學這三個傢伙呐！媽媽很喜歡Sky現在的樣子唷～～」

「媽，這是我老婆。」

「愛吃醋！你媽我又沒有搶你老婆。我還是去弄午餐好

了。」

　　語畢，說話的人就消失在後院，似乎是在逃避某些事物一樣。Sky轉頭看了一下離去的背影，又回過來看著偷笑的兩兄弟。

　　「你們為什麼那種表情？」

　　經過這一陣子，Sky已和這家人熟了起來，其實要不熟也很難，從出事之後，Phai哥就不願意讓他離開身邊，連上周回華富里府都死纏爛打地要跟。還好對方尚且還願意保持沉默，沒有冒出來自介說是他男友，不然大概會嚇到他爸。而一回曼谷，為了方便跟系學會為下學期的活動開會，他常被拉來住在這棟房子裡。導致在這住的次數，比睡在自己宿舍還多。

　　Phai哥給的理由是：「擔心有人又會來對Sky做什麼，所以不放心。」不過聽起來更像是他喜歡在回家的時候，看到有人跟父母妹妹一起在等他吃飯。喔對了，最近Phai哥的弟弟Phleng也回家一起住，所以家裡的氣氛更加歡快。

　　「住宿舍的話，我也擔心Sky會只顧著看漫畫，不去找東西吃，所以住這裡吧！我媽是不可能讓你餓肚子的。」

　　Sky也承認這個說法，不過真的讓他答應的原因是，Phai哥的媽媽打給他，用「Phai哥這樣才會回家」當作理由邀他來住，他才同意的。

　　今天是上班族的休息日，於是Sky一邊坐著看漫畫，一邊貢獻出自己的人腿當作住宿費。

「喔喔！Sky哥，媽是怕自己會在Phleng哥開箱的時候被嚇到啦！」

滿身是汗的Phraiphan一邊用開朗的語氣回答問題，一邊技巧性地回擊遊戲裡的球、一個也沒有落下，她哥也隨之補充：

「死Phleng上次訂了一根像牛一樣大支的假陽具送到家裡來。Sky真應該看看我媽那時候的表情，說『嚇到』還是輕的，整間屋子都聽得到她的尖叫聲。」

Sky還是笑不出來，這假陽具嘛⋯⋯。

「哥，哪有跟牛一樣大啦！如果真的跟牛一樣大支，就算是Phleng也吃不進去呀！」簽名收貨的人走回來了，甜笑地抱著泰國郵政的箱子，彷彿裡面是什麼珍寶似的，嘴上則一點也不害臊地繼續說：

「跟木樁一樣大而已，剛好適合。」

「但顏色不好看，Phleng哥不是不喜歡黑色嗎？為什麼會訂黑的？」

「那個尺寸只有一個顏色嘛。」

「我說你找根真的會不會比較好？」

Sky覺得，這一家子都不知道害臊為何物。

男孩左聽右聽，這三兄妹的語氣彷彿只是在聊天氣，內容卻是一個說這玩意兒不錯、一個說不喜歡塑膠味、感覺很差。

Sky發現，在這個家裡，他這種正常人反而才是異類。

「哈哈哈，Sky哥不用怕！Phleng哥本來就很騷了。」

第一次見面的時候，Sky就對Phraophleng的說話直白印象深刻，這位哥哥長相比女生還可愛，而隨著見面次數變多，就像Phan講的那樣，看得出這個人很騷。不過騷得可愛、騷得招人疼，讓他很難聯想到對方比較年長的事實。

至於Phan這個妹妹，反倒給人一種好相處又健談的氛圍。

Sky覺得跟這家人親近似乎不錯，但這個不錯並不代表他想要看到Phraophleng收來當作藏品的假陽具，於是他乾笑著說：

「我去幫媽媽做飯好了。」

其實他做不來，但洗洗菜應該還是可以的。

「不用不用，我這次又沒有訂那個。你們到底把我看成什麼人了啦！」

Phraophleng笑笑地說著，並推著肩膀讓他坐下，然後自己也坐上沙發的另一端，聽見哥哥跟妹妹異口同聲地說：

「很缺！」「性慾很強！」

「這是讚美，對不對？」被說性慾很強的人沒有一絲難過，反倒笑得很大聲。

「沒給誰惹麻煩的話，也不要緊吧？Phleng的男朋友都沒說話了。」Sky一樣是從Phan那邊聽說的 —— 就在Phai哥有了他的同時，Phleng也遇到喜歡的人並在一起了，這讓他們三兄妹的母親是朝天地拜了又拜、感謝列祖列宗的

保佑，還對二兒子說：

「太好了，你沒有染上性病！」

Sky聽了還真笑不出來，他想像不出這個Phleng玩起來是不是比Phai哥還兇，又或者兩兄弟其實差不多。

「所以到底是什麼呢？」

他一改變話題，Phleng就甜甜地笑了，眼睛一閃一閃的，讓原本就很可愛的人又可愛上了幾分。

「是Phai哥託我訂的東西。」

蛤？

Sky嚇了一大跳，雖然他不怕那些玩具——因為在（不想提到的）前男友身上經歷了不少——但如果要他再玩一次，那還是先說掰掰好了。

「是這個喔？」

「就是它！」

「那拿來！」說完，從一個小時前就懶懶地躺在大腿上的Phai立刻抓著Sky起身，另一隻手搶過弟弟拿著的泰國郵政箱子。

「走，我們去房間開箱。」

「Phai哥，那裡面也有我的東西！」

「好啦，等下拿來還你，不會偷走的啦！」Phraphai拉著Sky上樓回房，男孩也只能跟在後面，即使他送了求救的眼神給另外兩位，還是……。

「掰掰！祝你幸運喔，Sky！」Phleng朝他揮揮手，看

樣子已經放棄手中的箱子了，至於Phraiphan這傢伙⋯⋯

「媽！不用準備Phai哥跟Sky哥的午餐了，看樣子不會下來吃飯了。」

會！

Sky瘋狂搖頭，但三兄妹沒人在意，因為身為大哥的人正拉著他上樓，推他坐到床上。男孩閃得飛快，並且用恐懼的眼神望著他。

「吼呦！不要那樣看我，我才不會做那兩個渾小孩說的壞事！」

「因為哥會更壞，對不對？」

聽者大笑，但什麼也沒說，只是將手中的箱子塞到他大腿上。

「開吧！」

「應該不是⋯⋯」

「我才沒買假陽具！我的大多了！」

Sky真的忍不住了。「厚臉皮！」

「就⋯⋯」

「『厚愛Sky』，聽到都爛了。」雖然嫌棄，但嘴上說「聽到爛」的人卻笑得雙頰泛紅，他放下害怕將泰國郵政箱子上的膠帶撕開，看見四件捲成一團一團的白色衣服。

他看了一下Phai哥，然後視線又落回箱子裡。

「應該是這件。」

Phai哥從箱子裡抓了一件衣服遞給他，Sky接過後便攤

了開來。

「有老婆了，別煩！」Sky不解地唸出衣服上的文字，抬頭望著搖頭的Phraphai。

「啊！不是不是。這件不是我的。」大個子移過來旁邊坐，拿起別件確認。

「死Phleng有什麼毛病啊？『有老公了，別追！』……但我喜歡。Sky，我們把Phleng的東西A走如何？」和Phai哥身形不符的小音量不滿地嘟嚷著，卻在看完衣服上的留言後又開心了起來。男孩則不太理搭他，只是拿出剩下的衣服，一攤開就看見一團雲，及寫著「SKY」的文字。

「我那件也是一樣的。」Phai哥丟下手中的那件 —— 這要是被Phleng看到，大概會大呼小叫 —— 拿出大了一個尺寸的衣服，也將它展開。

Phai哥手上的衣服也是同個花色。Sky抬頭看向對方的眼睛。

Phraphai微笑。

「我說過想做情侶衣，對不對？這樣一來，別人就知道Sky有主人了。所以我去問Phleng —— 他之前負責做過系服 —— 問他對方接不接情侶衣，他就幫我處理了。另外兩件應該是幫他自己跟男友做的……喜不喜歡？」

大個子期待著他的回答，Sky卻反問：

「這團雲是哥自己畫的嗎？」

男孩記得Phai哥說過他不擅長美術，但衣服上這團小

小的雲卻很可愛。大個子用力地點點頭，笑容漸漸黯淡。

「你不喜歡？」

Sky忍笑忍到不知道該怎麼憋下去了。他喜歡！非常喜歡！

樓下那兩兄妹爆過Phai哥的料，說他是不太用心的人，但Sky看到的卻不是那樣。Phai哥對他非常用心，記得他說過的每一件事，連以前聊天時隨口說的衣服都真的做了出來，甚至還自己設計。這次，就算拿錢來堆在Sky面前，他也不會像現在這麼開心了。

不過還是要整一下。

「那為什麼是同一個花色？難道是Phai哥懶得畫？」

「沒有，我哪會懶得畫！我認真的要死，昨天晚上還交了三次的作業。」Sky仍然板著臉──他知道有人偏題了──盯著那雙眼一會兒之後，每次都厚臉皮的人也不知所措地舉手搔了搔頭。

「我才不是懶惰，不過是故意的。幹嘛那樣說──」Phraphai湊了上來。

「如果我送戒指，Sky也還不會收，對吧？我想要一對的東西，所以就做成一樣的了，這樣別人才會知道……」Phai哥看著他的眼睛，然後終於說出口。

「……我們在一起。」

就算Sky的心比現在硬上數百萬倍，也會為了這幾個字而軟化。

我們在一起。

因此，憋不住的笑綻放開來，他靠過去緊緊地抱住對方的腰，整個人倚在對方肩頭上。

「Phai哥，我喜歡！喜歡我們在一起。」

他不可能不喜歡。

大個子環抱住他的肩膀，深愛地落了一個吻在太陽穴上。

「那我們就一直在一起吧。」

他還能回答什麼，除了⋯⋯。

「嗯，一直在一起。」

然後，溫暖的風帶著滿滿的愛、將幸福吹進曾經空虛的天空懷裡。

風將與天空在一起，因為他們⋯⋯天生一對。

特別篇完

國家圖書館出版品預行編目資料

Love Sky戀愛天空/Mame著；舒宇譯. --
　　初版. -- 臺北市：臺灣東販股份有限公司,
　　2022.02
　　228面；14.7x21公分
　　ISBN 978-626-329-074-7(下冊：平裝)

868.257　　　　　　　　　110019982

Published originally under the title of Love Sky พระพายหมายฟ้า
Author: MAME
Traditional Chinese Edition rights under license granted by Satapornbooks Co., Ltd.
Traditional Chinese Edition copyright © 2021 Taiwan Tohan Co., Ltd.
Arranged through JS Agency Co., Ltd, Taiwan
All rights reserved

戀愛天空（下）

2022年 2 月 1 日初版第一刷發行
2024年 3 月 1 日初版第五刷發行

作　　者　MAME
封面繪師　MN
譯　　者　舒宇
編　　輯　魏紫庭
美術編輯　寶元玉
發 行 人　若森稔雄
發 行 所　台灣東販股份有限公司
　　　　　＜地址＞台北市南京東路4段130號2F-1
　　　　　＜電話＞(02)2577-8878
　　　　　＜傳真＞(02)2577-8896
　　　　　＜網址＞http://www.tohan.com.tw
郵撥帳號　1405049-4
法律顧問　蕭雄淋律師
總 經 銷　聯合發行股份有限公司
　　　　　＜電話＞(02)2917-8022

戀愛天空